필라델피아

필라델피아

초판 1쇄 인쇄일 2025년 10월 29일
초판 1쇄 발행일 2025년 11월 20일

지은이 곽건호
펴낸이 양옥매
디자인 표지혜
마케팅 송용호
교　정 이원희

펴낸곳 도서출판 책과나무
출판등록 제2012-000376
주소 서울특별시 마포구 방울내로 79 이노빌딩 302호
대표전화 02.372.1537　**팩스** 02.372.1538
이메일 booknamu2007@naver.com
홈페이지 www.booknamu.com
ISBN 979-11-6752-703-5 (03800)

필라델피아

Philadelphia

곽건호 소설

책과나무

프롤로그

인생을 통째로 뒤흔들어놓는 거대한 사건은 예상치 못한 시점에 발생한다. 인생의 전환점은 항상 그런 식으로 찾아와 문을 두드린다.

폭죽 소리와 같은 굉음으로 시작하여 사방에서 들려오는 여학생들의 비명은 뉴 캠프턴의 고등학생들이 인생의 전환점을 맞이했다는 의미였다. 안타깝게도 이 굉음은 폭죽놀이에서 나는 소리가 아니었고, 여학생들 비명은 환희로 가득한 환호성도 아니었다.

굉음이 울리자 학교 주위의 나무에 앉아있던 새들이 일사불란하게 하늘로 흩어졌다. 평소에도 딱히 질서 정연한 학교는 아니었지만, 평소에 비해 특히나 더 무질서하게 학생들이 문과 창문으로 쏟아져 나왔다.

목숨이 걸린 상황에서 총기 난사 시 안전 매뉴얼을 따르려 하는 학생도 있었지만 그저 본능에 이끌려 학교 건물 밖으로 뛰어나가 개활지를 가로지르는 학생들도 무시할 수 없이 많았다. 건물 밖으로 뛰쳐나간 학생들에겐 다행히도 얼굴에 복면을 쓴 난사범은 실외에서부터 실내로 이동하며 하나하나 표적을 제거해 가면서 뚜벅뚜벅 전진했다.

평화로운 동네라는 이미지와 맞게 성격 좋고 여유가 넘치던 학교 경비원들 중 교내 식당 쪽에 위치해 있던 경비원이 가장 먼저 쓰러졌다. 평소의 게으름을 만회하기라도 하듯 그는 마지막 순간까지도 무전을 놓지 않으며 지원을 요청했다.

경비원이 쓰러진 이후로 당분간은 난사범에게 모든 게 너무 순조롭게 흘러갔다. 난사범은 경비원을 처치한 이후 몇 명은 조준 사격으로 처리했다. 그는 심장에서 아드레날린이 끓어올랐다. 도파민이 과감히 뇌신경을 자극하면서 흥분감에 도취되고 평소에 비해 수천 배는 명료해진 정신으로 순식간에 수십 명을 처단했다.

3분도 안 되는 시간 동안 주변은 온통 '붉은 물감으로' 벽과 바닥을 물들었다. 뛸 수 있는 학생들은 모두 교내식당을 벗어났고, 잘못된 시간에 잘못된 장소에 있었던 불쌍한 학생들은 이미 이승을 떠났거나 피와 눈물을 흘리며 마지막 숨을 헐떡이고 있었다. 이곳저곳 사방에 피가 튀지 않은 곳은 없었고 난사범은 복도로 이어지는 문을 지나면서 누구의 몸에서 나왔는지, 장기인지 살점인지 모를 덩이들이 발에 밟히는 것을 느꼈다.

난사범은 그들을 뒤로한 채 교내 식당을 벗어나 2층으로 뛰어올라갔다. 젊음으로 활기가 넘치던 복도는 책과 종이 등 온갖 물품이 바닥으로 쏟아진 채 처량한 모습으로 있었다. 복도에 서 있는 락커들도 그 분위기를 대변하듯 애처롭게 삐걱거리는 소리만을 낼 뿐이었다.

의도치 않게 막다른 길에 몰려 목숨을 구걸하던 죄 없는 학생들은 난사범이 가차 없이 내리는 사형선고를 면치 못하였다. 그의 압도적인 기운에 용기를 짜내어 대항하고자 하는 이는 아무도 없었다.

조금 전 교내 식당에서 덩치가 좋은 학생 한 명이 교내 식당에서 혼란한 틈을 타 태클을 시도하려 했으나 금방 발견되고 말았다. 그는 제압에 실패함에 따라 난사범의 격노를 오롯이 견뎌야 했다. 그가 너무 먼 거리에서부터 접근하여 태클을 시도한 것이 화근이었을지도 모른다. 난사범은 본능적으로 몸을 돌려 덩치학생에 발포하였고, 덩치학생의 뒤통수 절반이 폭발하며 사방으로 뇌를 쏟아내었다.

이런 충격적인 장면이 연속되자, 학생들이 대항하려는 용기를 낼 수 없는 것은 당연했다. 총성이 들릴 때마다 생존 본능을 집요하게 자극하여 교내 혼란이 가중되었다.

반면 인간 형상을 한 악마는 비인간적으로 침착했다. 극도의 흥분상태로 심장 박동이 주변 공기로 전해질 정도였지만 그의 심판은 냉정함을 유지했다.

목표한 바를 이루었다는 생각이 든 그는 마지막 장소로 미리 점 찍어둔 2층 양호실로 이동했다. 양호실의 문은 열쇠가 없으면 잠글 수 없었기 때문에 아무도 없을 걸 예상하여 조용히 최후를 맞이하기 위한 장소로 양호실을 점 찍어 둔 것이다. 하지만 그의 예상과는 다르게 4명의 학생이 양호실에 숨어있었다. 상황이 빠르게 종료되길 바라던 이 불운한 학생들은 비명을 지르지도 못했다. 하나씩 복부에 총을 맞고 바닥에 쓰러져 바닥을 피로 적셨다.

양호실의 한구석 창가에는 선인장 화분이 하나 놓여있었다. 분명 며칠 전 누군가가 박살 내놓은 화분이었는데, 지금은 멀쩡한 모습으로 돌아와 창가에 놓여있었다. 아무도 신경 쓰지 않는 화분인 줄 알았는데 다시 돌아온 걸 보아 누군가 신경을 쓰고 있긴 했던 모양이다.

난사범의 정신이 선인장으로 쏠린 사이에 누군가 양호실 문을 벌컥 열고 들어왔다. 학교 경비원이나 경찰은 아닌 것 같았다. 선인장만 아니었다면 그 입장객은 벌써 총에 맞아 죽었을지도 모른다.

입장객은 겁도 없이 양호실로 들어간 후 난사범을 발견한 뒤 자리에서 멈추어 섰다. 난사범은 뜻밖의 얼굴을 보았는지 이내 주체할 수 없는 눈물을 흘리기 시작했다. 소리 내 엉엉 울지는 않았지만 분수라도 튼 듯, 눈물이 줄줄 나기 시작했다. 난사범은 작은 목소리로 짧게 용서를 구하였다. 용서를 받지 못하더라도 상관이 없는 일이지만 그의 사과는 진심이었다. 아니, 사과가 아니라 상황이 이렇게까지 온 것에 대한 유감을 표시한 것일지도 모르겠다.

같은 시간, 학교 바깥으로는 특공대가 도착이라도 한 듯, 어수선하지만 정돈된 박자의 구둣발 소리가 들렸다. 곧 총을 내려놓고 투항하라는 경고가 들려왔다.

마스크를 쓴 남자는 이제 스스로를 심판하고자 하였고 총구는 그의 턱 아래를 향하였다. 특공대의 진입이 얼마 남지 않음을 느끼고는 조용히 눈을 감고 손가락을 침착하게 방아쇠로 갖다 대었다.

CONTENTS

Philadelphia

Part 1

오늘과는 다른 내일

"대개의 기가 막힌 발상은 뜻밖의 순간에 갑작스럽게 찾아온다. 좋은 기회를 잘 포착하는 능력은 성공의 열쇠이므로, 순간적으로 찾아오는 기가 막힌 발상을 기억해두고 잘 이용하면 크고 작은 성공으로 이어질 수 있다."

이는 재순의 아이디어 공책 맨 앞장에 적혀 있는 글귀이다. 그는 습관적으로 공상이나, 기억해둘 가치가 있다고 느끼는 좋은 생각들을 공책에 적곤 한다.

70대 노인에게 어울릴 법한 이름을 가진 만 28세의 재순. 그의 공책에는 또 이런 글귀도 적혀 있다.

"워런 버핏은 그의 99프로 이상의 자산을 50대 이후에 일구었다."

이런 문구가 그의 공책에 적혀 있는 것은, 재순이 자신보다 앞서 나가는 또래 친구들을 보며 자격지심에 빠지지 않으려는 노력의 일환이었다.

누군가는 아직 어린 나이라고 달래 주고, 또 다른 누군가는 이미 너무 늦었다며 어떤 직장이든 빨리 취직부터 하라고 한다. 재순은 당근이든 채찍이든 자신의 인생에 대하여 왈가왈부하는 주변 사람들이 지겹게 느껴졌다.

그에게는 언젠가 자신의 여행기를 출판하고자 하는 꿈이 있다. 그런 꿈을 위하여 종종 여행을 다니며 블로그에 여행기를 집필하고 있었다.

하지만 재순은 보통의 풋내기와 같았다. 그의 블로그에 가득히 올려놓은 여행기란 남들 다 하는 진부한 경험이었지만, 그 내용을 본인이 생각할 수 있는 최고의 표현으로 정리해놓았다. 그도 이를 잘 알기에, 언젠간 길 가다 벼락 맞는 일과 같은 진기한 경험이 극한의 확률을 뚫고 자신에게 벌어지길 고대하고 있었다. 본인이 작성한 여행기들을 남에게 아직 보여주지 못하는 이유도 독특한 경험이라 할 만한 여행을 하지 못했기 때문이다.

재순은 어느 날 자신이 그동안 작성한 여행기를 읽다 좌절했다. 그는 자신의 블로그에 '어떤 식당에 가서 어떤 음식을 먹었다' '어떤 카페에서 어떤 음료를 마셨다'와 같은 온통 음식물 섭취에 관한 이야기가 주류를 이루고 있는 슬픈 현실을 깨달았다. 그는 벌떡 자리에서 일어나 "이대론 안 돼!"라고 육성으로 외쳤다.

그는 어렴풋이 오전에 인터넷을 하다 미국 여행 광고가 나왔던 것을 기억하고는 난데없이 미국에 가고자 결심했다. 그렇게 충동적으로 비행기표를 구매하고는 미국 여행에 대한 준비를 시작했다. 다니고 있던 알바를 그만둬야 하기 때문에 출국 일은 넉넉하게 잡아 놓았다. 뜨거운 가슴이 내린 충동적 결정임에도 일단 결정을 내리고 나니, 계획은 차가운 머리로 차분히 진행되었다.

LA에는 심지어 사촌 형인 해성이 지난 몇 년간 뿌리를 박고, 미국인 아내와 잘 살고 있다. 지난번 한국에 방문 왔을 때는 새 집에 손님방도 있으니 언제든 재워줄 수 있다며 미국에 꼭 놀러 오라고 초대를 하기도 했다.

재순은 모든 계획이 완벽히 세워졌다 생각하고는 해성에게 문자 한 통 남겨두고 책상 앞에서 곯아떨어졌다.

아침에 일어난 재순은 새벽에 내린 결정을 기억해내곤 조금 당황하여 '내가 왜 그랬을까' 생각했지만, 마음을 고쳐먹고는 일단 사나이가 결정을 내렸으면, 죽이 되는 밥이 된든 햄버거가 된든 최대한 많은 것들을 보고 경험하기로 마음을 다잡았다.

재순이 결정한 내용을 어머니에게 공유했더니, 그녀는 그의 예상과는 반대로 좋은 생각이라며 그의 결정을 존중해줬다. 대신, 이번 여행을 마치고 돌아오면 심기일전하여 열심히 취직 준비를 하라는 첨언을 잊지 않으셨다. 일단은 재순도 어머니의 호의적인 반응에 마음이 움직였다. 그래서 덜컥, 앞으로 취업 준비 열심히 하겠다고 지킬 수 있을지 모를 약속을 해버렸다.

마침 해성에게, 언제든 환영이며 언제 올 건지 날짜만 남겨두면 게스트룸을 준비해 놓겠다는 문자가 왔다. 현실화된 미국 여행에 대한 설렘이 다가오기 시작했다.

그리고 같은 날 저녁, 재순의 아버지는 어머니에게 얘기 들었다면서 몸 다치지 말고 잘 갔다 오라면서 달러로 가득 찬 돈봉투를 주셨다. 그는 남의 나라 놀러 가서 나라 망신시킬 만한 멍청한 짓은 하지 말라는 조언도 아끼지 않았다.

꿈과 같이, 모든 일이 일사천리로 술술 풀렸다.

기회의 땅

블로그를 위한 여행이라고 했으나, 막상 미국 땅에 들어서니 어떻게 해야 블로그에 적을 만한 대단한 경험을 할 수 있을지 감이 잡히지 않았다. 재순은 막상 남들이 하지 않는 미친 짓을 하고자 하니 겁부터 났기 때문에 유명 관광지 방문 및 근처 맛집 탐방과 같은 제도권 틀 안에 머무르되, 그 안에서 최대한 남들과 다른 경험을 해보는 것으로 결정했다. 그는 일단 생각해둔 내용들을 가지런히 공책에 정리해두고 해성과 상의해 보기로 했다.

재순은 그 무섭다는 미국 입국 심사도 별일 없이 무사히 치르고 입국장으로 들어섰다. 해성은 안 그래도 좋은 덩치가 더 좋아 보이는 미국 스타일의 옷차림으로 재순을 기다리고 있었다. 그들은 반갑게 인사를 마치고 해성의 차로 걸어갔다. 해성은 굉장히 들떠 LA에 머무르는 동안 무엇을 해야 하는지 쉴 없이 떠들기 시작했다.

재순은 귀 기울여 경청하며 마음에 드는 내용은 공책에 기입했다. 해성은 운전석에서 재순이 공책에 필기하는 모습을 힐끗힐끗 보다가, 더 신이 나서 그의 LA 데이터베이스를 총망라하여 전수할 수 있는 모든 정보를 그에게 전달하고자 하였다.

아쉽게도 해성이 알려주는 LA 팁의 대부분은 음식에 대한 것이었다. 그는 어디서 어떤 버거를 먹어야 하는지, 어떤 버거가 세계 최고의 버거인지, 어떤 셰이크를 꼭 마셔봐야 하는지 쉴 새 없이 떠들어댔다.

음식 이야기에 제일 관심이 많이 가긴 했지만, 이번 여행의 목적은 음식이 아니었다. 그는 색다른 경험을 기대했고, 이곳 사람들을 경험해 보고 싶었다.

해성은 집에 가기 전에 햄버거를 사가자고 제안했다. 가게 앞에 서자마자 진한 육즙으로 유명한 두툼한 햄버거 패티가 연상되는 냄새가 후각 신경을 후비듯이 자극했다. 재순이 메뉴를 보려고 하자 해성은 주문 걱정은 본인에게 맡겨두라고 손짓하고 유창한 영어로 여러 음식을 주문하기 시작했다.

햄버거와 감자튀김이 테이크아웃 박스에 무질서하지만 맛있는 모양으로 담기고, 다행히 3분 거리 안에 있는 해성의 집에 마침내 당도하였다.

해성의 집은 미국 영화나 드라마에서 자주 볼 수 있는, 뒷마당이 딸린 전형적인 형태였다. 대신 정문이 화려하진 않았고, 다소 엉성하게 차고 옆에 붙어 있는 문으로 들어가야 했다. 집앞에는 멋스러운 정문을 낼 수 있을 만큼 공간이 넉넉했음에도, 굳이 측면에 문이 있는 구조가 묘하게 이질적으로 느껴졌다.

　집에 들어서자, 부엌에서 맥주 한 캔을 마시고 있던 형수 크리스틴이 영화 속 장면처럼 여유로운 모습으로 재순과 해성을 반겼다. 그녀는 다소 과장된 몸짓과 목소리 톤으로 미국까지 오는 길은 어땠느냐고 물었다. 재순은 그 에너지에 자연스럽게 끌려 마치 흉내라도 내듯 비슷한 톤과 제스처로 대답하고 말았다.

　크리스틴은 해성과는 전혀 다른 분위기를 풍겼다. 해성이 우직하고 묵직한 인상이라면, 그녀는 어딘가 우아하고 세련된 느낌이었다. 한국인치고 피부 톤이 어둡고, 수염을 살짝 기른 해성의 모습은 마치 젊은 산적 같았다. 그에 반해 크리스틴은 염색한 듯 뿌리가 어두운 금발 머리에 밝은 피부를 지닌, 인상적인 대비를 이루는 사람이었다. 체격에서도 차이가 커서, 크리스틴 세 명쯤은 붙여야 해성의 덩치를 가릴 수 있을 것 같았다.

　재순은 그 둘을 바라보며, 아름답고 든든한 한 쌍이라고 생각했다.

　그러거나 말거나 해성은 무엇보다 햄버거가 급했다. 그는 재순과 크리스틴을 진정시키고 식탁에 앉혔다. 식사는 빠르게 준비되었고, 셋은 곧 햄버거 만찬을 즐기기 시작했다.

재순도 생각보다 배가 많이 고팠던 모양이다. 말도 없이 허겁지겁 먹기 시작했는데, 한 손에는 햄버거를 단단히 쥐고, 다른 손으로는 아직 바삭함이 살아 있는 감자튀김을 부지런히 집어먹었다. 감자튀김을 들지 않을 때는 콜라를 입에 부었다.

허기를 어느 정도 채운 뒤, 자연스럽게 술자리가 이어졌다. 재순의 시차증을 극복하려면 술이 필요하다는 해성의 조언 때문이었다. 다음 날이 토요일이라는 점도 술자리를 벌이기에 더없이 좋은 조건이었다.

맥주 캔을 시작으로 여러 병의 양주가 줄줄이 식탁 위에 올라왔다. 그 술병들은, 살림살이는 많지 않아 허전해 보이던 주방 한편, 유일하게 고급스러워 보이던 유럽풍 장식장 안에 고이 모셔져 있던 것들이었다.

재순은 처음엔 영어로 대화하는 게 어색하고 불편했지만, 술이 한두 잔 들어가자 금세 익숙해졌다. 해성은 미국 생활에서 겪은 여러 무용담을 늘어놓았고, 해성과 크리스틴의 부엌은 웃음소리로 가득 찼다.

그중 하나를 소개하자면, 해성이 지금 몰고 다니는 픽업트럭은 중고 거래 사이트를 통해 만난 멕시코 사람들에게서 구입한 것이라고 했다. 천 달러를 깎기 위해, 해성은 그들이 따라주는 데킬라를 거절하지 않고 잔이 채워지는 대로 받아 마셨고, 마침내 농구 자유투 대결을 벌이게 됐다. 해성은 그 대결에서 승리했고, 덕분에 천 달러를 쿨하게 할인받았다. 이후에도 몇 번 더 그들과 만나 농구도 하고 어울렸다고 한다.

문득, 재순은 젊은 커플 사는 집이 왜 이렇게 허전하고 별 장식이 없는지 물어봤다. 앉은 자리에서 주변을 보니 촛대가 중간에 놓여 식탁보도 없이 벌거숭이인 식탁, 바나나 두 송이가 담긴 과일 바구니, 그 바구니가 올려진 주방 카운터, 사진 3장이 붙어있는 냉장고, 최소한의 물건만이 올라가 있는 싱크대 주변 그리고 앞서 언급한 장식장만이 큰 주방 공간을 차지하고 있었다. 종종 그들이 조금 큰 소리로 말을 할 때 목소리가 울리기도 했다.

해성은 본인은 크게 데코레이션에 신경을 쓰지 않는 편이라 크리스틴에게 모든 데코레이션 임무를 일임했다고 했다. 크리스틴은 재순에게 이게 아무리 허전해 보이더라도 미니멀리즘의 테마로 장식이 된 미국의 최신 트렌드라고 거창하게 얘기하며, 트렌드를 못 알아보는 재순을 장난스럽게 꾸짖었다.

재순이 민망해하자, 크리스틴은 웃으며 사실 이사한 지 얼마

지나지 않아 장식이 없는 것이라고 이실직고했다. 이사한 지 3개월째지만 왠지 막 이사했을 때의 그 허전하고 텅 빈 느낌을 조금 더 오래 느끼고 싶어서 장식을 조금 미루고 있다고 했다. 집에 장식을 들여놓을 때마다 자신이 조금씩 성장하고 있는 것을 느낀다며, 이런 기분을 오래 느끼고 싶은 것이라 했다.

재순은 그 설명이 어렴풋이 이해되었다. 부모님 신혼 때의 사진을 보면 집에 가구가 없어 텅텅 빈 모습 때문에 집이 굉장히 커 보인다고 생각했는데, 지금은 온갖 물건들로 가득 차 가끔 좁고 답답한 느낌을 받을 때가 있었다.

그들은 주방 식탁에서 자리를 옮겨, 역시 좀 허전한 분위기가 있는 뒷마당에서 시원한 밤공기와 함께 맥주를 마셨다. 뒷마당의 아무것도 없는 넓은 풀밭에 그저 나무로 된 의자 3개가 덩그러니 놓여 있었다.

크리스틴은 미국에서 무엇을 경험하고 싶은지 재순에게 물었다. 재순은 블로그에 올릴 만한 남들이 겪지 않는 독특한 경험을 하고 싶다고 대답했다.

크리스틴은 재순에게 그가 혹시 일종의 언론인인지 아니면 언론인이 되고자 하는지 물었다. 재순은 그렇게 거창하게 말하고 싶지는 않고, 아직까지는 취미 수준이라고 설명했다. 대답하기 어려운 질문이라고 느꼈는지 대답하는 재순의 미간에 힘이 들어 갔다.

크리스틴은 잠시 머뭇하더니, 10년 전쯤 학교에서 총기 난사 후 스스로 목숨을 끊은 학생이 있었는데, 그의 어머니를 알고 있다고 말했다. 그래서 블로그에 게시할 목적으로 그분과 한번 인터뷰를 해보는 건 어떻겠냐고 제안했다. 재순은 황당하고 조금 충격적이기도 해서 크리스틴이 술김에 별 얘기를 다 한다고 생각했다. 하지만 관광지나 맛집에 대한 내용보다는 확실히 블로그 방문객들의 관심을 끌 수는 있겠다는 생각이 재순의 머리를 스쳤다.

담배에 불을 붙이던 해성이 옆에서 거들더니 그 아주머니가 그런 슬프고 참담한 과거를 가졌음에도 불구하고 굉장히 밝고 씩씩하게 살아가는 아주 친절한 분이라고 얘기했다. 그는 심지어 재순이 요청을 하더라도 문제없이 인터뷰가 성사될 것이라고 추측했다. 해성은 어떻게 그렇게 긍정적인 성격의 어머니 아래서 총기 난사범이 태어났는지 모를 일이라고 씁쓸해했다. 그러고는 담배를 쭉 흡입하고는 불규칙하게 스멀스멀 흘러가는 연기를 뿜었다.

이미 몇 년 전 여러 언론과 인터뷰도 많이 했고 대중에게서 관심이 식은 지 오래된 사건이지만 한번 시도해 보는 것이 어떻겠는지 제안을 받은 재순은 고민을 좀 해보겠다고 했다. 해성과 크리스틴은 그분과 두터운 개인적인 친분이 있기 때문에, 인터 뷰 생각이 있으면 언제든 말해달라고 했다.

재순은 아무래도 자신의 블로그에 올릴 내용으로는 너무 무겁 고 비극적인 내용이라고 생각했다. 마지막에 주고받은 이야기 때문에 마음이 조금 복잡해진 재순은 오랜 비행으로 육신이 지 치기도 하여 이제 그만 자러 들어가겠다고 선언했다.

해성은 재순에게 내일은 LA의 명소 이곳저곳을 데려다주겠다 고 했다. 그는 내일 바쁠 예정이니 푹 자두라고 얘기하며 담뱃 재를 툴툴 털고 집으로 들어갔다. 크리스틴도 빈 맥주병들이 든 봉지를 주방으로 가져가며 싱긋 웃으며 잘 자라고 말해주었다. 잘그락잘그락 빈 병들이 부딪치는 소리와 함께 재순의 미국 여 행 첫날밤이 마무리되었다.

뉴 캠프턴 총기 난사 사건

앞서 해성과 크리스틴이 언급한 총기 난사 사건은 미국 사회를 발칵 뒤집었던 끔찍한 사건으로 전 세계 뉴스에서 토픽으로 다루어졌다. 미국 내에서도 개인의 총기 소유를 재고하게 되는 하나의 큰 이슈로 꽤 오랜 기간 세간에 오르내렸다.

2000년대 초중반 미국 동부의 뉴 캠프턴이라는 도시에 소재한 모 고등학교에서 한 학생이 총기 난사로 45명의 사망자를 발생시켰다. 아비규환의 현장에서 충격으로 치명상을 입지 않아 가까스로 살아난 학생들부터 현장에서 도망치다가 넘어져 무릎이 깨진 크고 작은 부상을 얻은 학생들까지 모두 포함하면 부상자도 50명이 넘었다.

범행을 저지른 당시 고등학생으로 알려진 케빈 윌리엄스는 한국인 어머니 김선미와 미국인 아버지 버크 윌리엄스 사이에서 태어난 두 형제 중 차남이다. 사건 후 보도 자료에서 공개한 사진으로 그의 얼굴을 봤을 시에는 영락없는 아시아 사람처럼 생겨 서양식 이름이 어딘가 어색하게 느껴지기도 했다.

일각에선 소심한 아시아계 학생이 따돌림을 당하여 이를 계기로 끔찍한 범행을 저지른 것이 아니냐고 짐작했다. 케빈이 친구가 별로 없었다는 낭설을 근거로 이 주장에 무게가 실린 것인데, 사건 직후 아무도 자신이 케빈의 친구였다고 선뜻 나서지 않다 보니 범행 동기 파악을 위한 경찰 조사에 협조한 학생은 없었다고 한다.

또 다른 의견으로는 게임에 중독된 십 대가 현실과 게임을 구별하지 못하고 벌인 범행이라고도 하였고, 심지어 어떤 사이비 종교에 심취하여 무고한 학생들을 제물로 바친 사건이라고 주장하는 사람들도 있었다.

뉴스 매체도 동기에 대한 뚜렷하고 설득력 있는 가설을 제시하지 못했다. 인터뷰에 응한 학생들은 케빈을 두고 폭력적인 성향을 주체하지 못하고 혼자 다니기를 좋아하는 괴짜 같은 캐릭터로 묘사했다. 이 증언을 바탕으로 뉴스 매체들은 이 사건을 따돌림을 당한 학생의 극단적인 범행으로 사건을 단순화시키려 하였다.

하지만 케빈은 사실 평소 교우관계가 원만하고 성적도 나쁘지 않은 평범한 학생이었던 것으로 보인다. 실제로는 케빈이 그저 평범한 학생이었다고 응답한 경우가 대다수였으나, 나중에 여러 언론 및 미디어에서 어떤 모종의 동기로 인하여 자극적인 인터뷰만 취급한 것으로 밝혀졌기 때문이다. 이렇듯 인터넷과 뉴스 매체 등의 미디어는 여러 설득력 없는 가설만을 배출하였고 사건의 동기는 미궁으로 빠졌다.

세상의 모든 사건이 그렇듯, 이 사건도 점차 대중들에게 잊혔다. 대중은 더 이상 이 사건을 입에 올리지 않게 되었으며, 범행 동기에 대한 미스터리도 결국 풀리지 않았다.

케빈의 부모인 김선미와 버크 윌리엄스는 사건 후 첫 몇 달간은 어떠한 성명도 내지 않았다. 하지만 그들은 몇 달 후, 고개를 푹 숙이고 자신들이 이 사건에서 가장 큰 죄인이며, 세상에 너무나도 끔찍한 피해를 끼쳐 죄송하다는 짧은 인터뷰를 했다. 그것을 끝으로 미디어에 모습을 보이지 않았다.

사건 이후 그들은 이혼한 것으로 알려졌다. 김선미는 혼자서 친척이 살고 있는 LA로 이사를 했다. 버크 윌리엄스도 장남 닉 윌리엄스를 데리고 아이다호 주로 이사를 한 것으로 알려졌다. 정확한 도시 이름이 미디어에 알려지지 않은 것을 보면 사람들의 이목을 피해 어느 깊은 산골짜기로 숨어버린 듯했다.

김선미는 국가에서 지원하는 여러 심리치료를 받음과 동시에 열심히 교회에 다니며 점차 일상을 회복했다. 여러 해가 지난 뒤에는 원래의 밝은 성격도 되찾았다. 그녀는 교회에서 진행하는 다양한 이벤트에 참여했다. 심지어 봉사활동에도 적극적으로 몸을 담는 등, 공동체의 도움으로 자립에 완벽히 성공하였다.

그녀의 주변에는 그녀의 아름다운 용모와 굳센 정신을 칭찬하고 격려하는 사람들이 많았다. 그녀는 점차 끔찍한 총기 난사 사건 범인의 모친보다는, 한인 사회 공동체의 일원으로 굳세게 살아가는 김선미로서의 정체성을 확립하기 시작했다.

그녀의 지인들은 전남편과 장남이 어디로 가서 무얼 하고 사는지, 연락은 하고 지내는지 은연중에 궁금해하였으나, 굳이 그런 민감할 수 있는 질문은 먼저 꺼내지 않았다. 자칫 온갖 가십과 루머로, 동부에서 도망치듯 넘어온 김선미의 생활이 지독한 악몽이 될 수도 있었겠으나, 감사하게도 그녀의 주위에는 상식이 통하는 사람들이 많았다. 주변 사람들의 배려 덕에 LA에서 선미의 생활은 빠른 속도로 자리를 잡았다.

야자수와 주황빛 석양

재순, 해성 그리고 크리스틴은 느지막이 일어나 아침 햇살이 따스하게 비추는 주방에서 대충 시리얼로 아침을 때웠다. 어차피 점심으로 맛있는 걸 먹을 예정이니 굳이 아침을 거하게 먹을 필요가 없었다.

재순은 설레는 첫 아침을 맞이하여 깔끔히 씻은 후 의복을 단정히 하고 밖으로 나가 아침의 미국 공기를 힘껏 들이마셨다. 왠지 모르게 한국 공기와는 맛이 다른 것 같았다. 주변 풍경에서 보이는 키 큰 야자수들이 정말 LA에 와있음을 실감나게 해주었다.

해성이 미국사람마냥 별로 어울리지도 않는 교관 스타일의 검정색 선글라스를 끼고 거북이처럼 느릿느릿 집 밖으로 나오더니, 담배를 한 대 피우고는 차의 시동을 걸었다. 크리스틴은 흰색 상의에 분홍색 스커트 차림으로 토끼처럼 헐레벌떡 뛰어나와 문을 잠그고 조수석에 앉았다. 재순도 뒷좌석에 앉아 크게 하품

했다.

차는 미국 풍경을 배경으로 죽죽 달려 LA 시내로 들어섰다. 재순은 종종 핸드폰을 꺼내 차창 밖으로 지나가는 풍경을 담았다. 크리스틴은 조수석에서 조잘조잘 잘 떠들었다. 종종 핸드폰을 들여다보며 이따금씩 운전하는 해성 얼굴에 들이밀곤 했다. 그러면 그들은 낄낄 웃거나 무언가를 귀여워하는 소리를 내곤 했다.

재순은 뒷좌석에서 골똘히 생각에 빠져있었다. 남들이 하는 경험을 똑같이 해서는 안 된다는 강박에 빠져 스스로를 괴롭히고 있었다. 여행하다 보면 독특한 경험이 무작위로 찾아올 것을 알고 있었으나 단순히 운에 모든 걸 맡기기에는 부담이 되었다. 아무런 영감이 떠오르지 않으니 미칠 노릇이었다. 재순은 하늘에서 갑자기 운석이 떨어지는 공상을 하기 시작했다.

재순 일행은 픽업트럭을 주차한 후 조금 걸어 티브이나 영화에서 본 할리우드 명예의 거리를 걸었다. 재순이 거리를 지나다니며 구경한 미국사람들의 모습은 각자 개성이 넘쳤다. 마른 사람들은 엄청 삐쩍 말랐으며 뚱뚱한 사람들은 뚱뚱함의 한계가 없는 듯 뚱뚱했다. 키가 큰 사람들은 전봇대처럼 키가 크고, 키가 작은 사람들은 바닥의 그림자처럼 작았다. 할리우드답게 거리에는 잔뜩 멋 부린 사람들이 많았고, 보기만 해도 황홀한 멋지고 아름다운 LA 멋쟁이들은 재순의 눈을 사로잡았다. 재순에 겐 사람 구경이 거리 구경보다 재미있었다.

거리 구경은 길게 하지 않고 해성이 알아둔 멕시코 음식점에 서 어서 점심을 먹기로 했다. 자리에 앉자, 종업원이 친절하게 말을 걸어왔고 크리스틴은 더 발랄하게 종업원에게 인사했다. 크리스틴은 이것저것 음식을 잔뜩 시키기 시작했다. 해성은 옆 에서 주린 배를 잡으며 밥 먹을 생각에 벌써부터 행복해했다. 재순도 멕시코 음식을 먹어본 경험이 많지 않기에 기대에 부풀 었다.

음식을 기다리며, 재순은 밥 먹고 가게 될 유니버설 스튜디오 에 대해 질문을 하기 시작했다. 해성과 크리스틴은 본인들도 여 태 가본 적 없는 곳이라며, 이번에 처음 가게 되어 굉장히 기대 하는 중이라고 했다. 자기들도 가본 적 없는 곳을 관광시켜 주 는 게 말이 되나 싶었지만, 재순은 이렇게 다 같이 새로운 곳을 가보는 것도 서로에게 좋은 경험이라고 생각을 고쳐먹었다.

해성과 크리스틴은 어떨 때 보면 꼭 남매 같았다. 유니버설 스튜디오에서 어느 기구를 타야 하는지, 순서는 어떻게 해야 하 는지 옥신각신했다. 이견이 좁혀지지 않을 때는 재순에게 중재 를 요청했다. 그러면 재순은 한 번은 해성 편을 들고 한 번은 크 리스틴 편을 드는 식으로 적당히 대처했다.

음식은 꽤 맛있었다. 고기의 적당히 자극적인 맛, 콩의 담백함과 치즈의 느끼함 그리고 온갖 소스들이 조화를 이루어 맛의 향연을 이루어냈다. 재순은 샐러드도 곁들여 나름 건강식을 먹은 듯했다. 하지만 주변에 앉아있는 다른 손님들은 하루에 5끼는 먹는 듯 풍채가 상당했다. 해성이 먹는 꼴을 보아하니 그도 이렇게 먹는 걸 좋아하다가는 언젠가 저런 덩치들 중 한 명이 되지 않을까 싶었다.

그들은 식사를 마치고 생각보다 근처에 있는 유니버셜 스튜디오에 도착했다. 긴 줄을 지나 입장하자마자 셋은 동심을 찾은 듯 기뻐하며 주변을 두리번거리며 쏘다니기 시작했다. 동심이란 적당한 조건만 갖춰진다면 언제든지 가슴 깊은 곳에서 튀어나와 주변을 아름답고 신기함이 가득하게 해 보이는 마법을 부린다.

여러 유명 영화 장면들이 재구성된 세트장을 통과하는 놀이기구들과 영화 캐릭터들로 분장한 사람들 그리고 마치 영화 속 한 장면에 들어와 있는 듯한 주변 장식들은 환상적인 분위기를 자아냈다. 재순은 오랜만에 정말 어린이가 된 것처럼 즐거운 시간을 보냈다. 해성과 크리스틴도 관광객 재순 못지않게 즐거운 순간을 보내며 얼굴에 웃음꽃을 만발로 피워 댔다.

재순은 언덕 위 전망대에서 해가 슬슬 떨어지며 주위를 옅은 주황색으로 물들인 풍경을 바라다보다가 문득 이 행복감이 끝나지 않기를 바랐다. 그것은 마치 즐거운 하루를 보내고 잠자리에 들기 싫은 어린아이의 마음과 같았다.

저녁은 해성과 크리스틴의 집에서 가장 가까운 해변 근처에서 먹기로 했다. 해변에 도착했을 땐, 이미 해가 기울어 먼 하늘에 짙은 붉은색을 남기고 나머지 하늘에는 영롱하고 어슴푸레한 푸른빛이 감돌았다.

하루를 마감하는 기념으로 셋은 칵테일을 기울였다. 재순은 너무 황홀한 하루를 보내게 해준 해성과 크리스틴에게 고마워했다. 그때 다른 한국인 무리로 보이는 동양인 몇이 그들이 앉은 테이블로 다가와 해성에게 아는 척을 했다. 해성은 잠시 당황하더니 빠르게 반갑게 인사하며 재순을 그 무리에 소개했다.

그 한국인 무리는 토종 한국인보다는 교포들인 것 같았다. 미국식 억양의 말투로 해성에게 내일 교회에 나올 것인지 물었고, 해성은 재순의 방문 때문에 안 될 것 같다고 잘 둘러댔다. 원래도 신앙심보다는 한국인들과의 네트워크 때문에 종종 교회에 나가던 터라 해성으로서는 이런 질문이 난감하게 느껴진 듯했다.

한국인 무리는 좋은 시간 보내라는 인사 후 자리를 떠났다. 재순은 크리스틴에게, LA에 있는 한국 교회에 가보았는지 물어봤다. 크리스틴은 한번 가보았는데 그녀에게 익숙한 교회 분위기와는 살짝 달랐지만 사람들이 친절하고 자신을 잘 대해줘서 좋았다고 했다.

그녀는 이어서, 김선미도 해성과 같은 교회에 다닌다고 재순에게 말해주었다. 재순은 발생한 지 10년 이상을 이 사건에 대해 깊이 생각해 보지 않고 살아가다 예상치 못한 멍석이 깔리는 상황이 영 갑작스러웠다. 김선미 씨가 만약 인터뷰 요청을 무례하다고 생각하여 의도와는 다르게 마음의 상처를 입지는 않을까 걱정스럽기도 했다. 그는 크리스틴이 여러 사람의 인생을 송두리째 바꿔버린 사건에 대하여 너무 가볍게 생각하는 게 아닌가 하는 생각이 들었다. 아니면 아직도 제대로 밝혀지지 않은 사건 동기가 아직도 궁금하여 재순을 통하여 사건 전말을 파악해 보고자 하는 속셈일지도 모른다고 생각했다.

그러다 문득 재순은 이번 기회로 그 미스터리를 풀어낸다면 수많은 사람들의 이목을 자신의 블로그로 집중시킬 특종을 잡는 걸 수도 있겠다는 영감을 받았다. 그는 한번 분위기라도 파악을 해보자 싶어서 해성에게 자신을 내일 교회에 데려가 달라고 얘기했다.

해성은 웃으며 재순에게 진심인지 물었다. 그는 동시에 그냥 마음 편하게 부담 갖지 말라고 하면서, 편하게 갔다 오는 것도 재미있는 경험이 될 것이라고 말했다. 크리스틴은 짝짝 박수를 치며 잘됐다고 좋아하며 이 상황을 기념하여 칵테일 한 잔씩 더 하자고 제안했다.

세 청춘은 해 질 녘의 아름다운 풍경을 배경 삼아 라임과 오렌지 조각이 끼워진 술잔을 기울였다. 그들은 좋은 인연과 배꼽 잡는 이야기들 덕에 안주도 따로 필요 없었다.

나물 보따리

전날 음주 및 시차증에도 불구하고 재순의 컨디션은 나쁘지 않았다. 재순은 오히려 김선미와의 인터뷰를 잡을 생각에 설렘인지 긴장감인지 모를 이유로 아침부터 들떠 있었다.

그는 한국에서도 가본 적 없는 교회를 미국에서 처음 가보는 것도 재미난 경험이라고 생각했다. 교포들의 사회는 어떨지도 궁금했고, 설교는 영어로 이루어질지 한국어로 이루어질지도 궁금했다.

재순은 가장 먼저 일어나 주방으로 가서 시리얼과 땅콩버터를 바른 빵을 먹기 시작했다. 해성은 재순이 주방에서 부스럭거리는 소리를 듣고 잠에서 깨어 같이 아침 식사를 했다. 크리스틴은 지난밤 음주로 인하여 늦잠을 자야 할 것 같다고 했다.

아침 식사를 마친 두 청년은 차로 20분 떨어진 곳에 위치한 한인 교회로 출발했다. 재순은 차 조수석에 앉아 따뜻한 아침 햇살을 맞으니 갑자기 졸음이 쏟아졌다. 애초에 먼 거리도 아니었지만 재순이 잠시 눈을 감았다 떴더니 벌써 교회에 도착해 있었다. 해성은 재순에게 교회 안에 커피가 있으니 정신을 좀 차리라고 했다. 재순은 비몽사몽 하여 장신의 몸을 고장 난 로봇마냥 삐그덕대며 해성과 교회에 입성했다.

교회는 재순이 생각한 바와 같이 푸른 초원 위에 외벽이 하얀 목재로 되어있고 소박한 십자가가 지붕 위에 얹어진 모습은 아니었다. 교회 건물은 그냥 평범하디 평범한 도심의 상가와 같은 느낌이 들었고 교회라고 말해주지 않았다면 교회인 줄도 몰랐을 법한 외관이었다. 이 건물이 교회 건물이라는 건 지붕 위에 올라가 도로를 향해 서있는 하얀색 십자가를 통해 알 수 있었지만, 그마저도 주위 전선들과 케이블 접시 등 옥상 구조물 사이에 위치해 있어 찾으려는 의지가 없었다면 보이지도 않을 것 같았다.

유리로 된 미국식 문을 열고 들어갔더니 많은 사람들이 이미 도착해 있었다. 재순이 기억하는 어렸을 적 한국 분위기가 풍기는 실내였다. 그곳에서는 80~90년대 스타일의 교포들이 분주하게 움직이고 있었다. 그들은 한국 사람들보다 더 억센 분위기가 있었지만, 얼굴에 미소가 떠나지 않는 정겨운 느낌이 더 강했다.

해성은 아는 사람들을 마주치자 싹싹하게 인사를 건넸다. 교포 아주머니들은 키가 큰 재순을 올려다보며 혜성에게 누구인지 물었다. 혜성은 미소를 지으며 사촌이 한국에서 놀러 왔는데 미국 교회 분위기를 궁금해하길래 데려왔다고 하면서 재순을 소개했다.

재순은 차에서 자던 잠이 덜 깨서 그런지 잠긴 목소리로 평소보다 수줍게 자신을 소개했다. 재순의 소개를 잘못 들은 키 큰 아주머니 한 분이 재순의 이름을 듣더니, 제이슨으로 잘못 듣고는 요즘은 한국에서도 이름을 영어식으로 짓는 유행이 있냐면서 놀라워했다. 그러자 옆에 있던 화장이 진한 아주머니가 제이슨이 아니라 잭슨이라고 키 큰 아주머니를 나무랐다. 귀가 너무 높게 달려 있어서 말귀를 잘못 알아듣는다고 옆에 있던 통통한 아주머니도 옆에서 거들었다.

재순은 당황하였으나 침착하게 자기 자신을 다시 소개하였다. 하지만 재순의 노력에도 불구하고 아주머니들은 더 혼란에 빠진 듯했다.

때마침 뒤에서 문이 열리고 큼지막한 나물 보따리를 든 미인이 등장했다. 나이를 가늠하기 힘든 얼굴이었지만 20대가 아님은 분명해 보였다. 왠지 모를 억척스러운 느낌이 있었지만 부드러운 이목구비와 보송한 피부는 그녀를 주위 사람들 속에서 돋보이게 했다.

뭐 이런 걸 또 가져왔냐고 함박웃음을 지으며 투덜거리는 아주머니들 사이에서 "선미 씨"라는 이름이 들려왔다.

말로만 들었던 김선미의 이미지와는 사뭇 달라 조금 의외라고 생각했다. 사실 원래 김선미라는 사람에 대한 어떠한 이미지도 갖고 있지 않았지만 굉장한 미인일 것이라고 생각하지는 않았기 때문이다. 그녀의 나이는 40대 중반의 나이일 것으로 추정되나 그녀의 액면가는 고작 30대 초중반 정도로밖에 보이지 않았다. 해성은 재순의 귀에 대고는 방금 들어온 저분이 김선미 씨라고 조용히 알려주었다.

아주머니들의 잔소리가 멈출 때쯤 해성이 선미에 인사를 건넸고 선미도 쓱 앞머리를 넘기며 나긋나긋한 목소리로 인사를 받았다. 해성과 선미는 친분이 좀 있는지 뭔 얘기를 주고받더니 서로 시시덕거렸다.

재순도 자기 자신을 소개하였다. 선미는 만나서 반갑다고 하며 예배가 끝난 후 지하 식당에서 점심을 먹고 가라고 했다. 점심 메뉴는 한식인 것 같았다. 기본적으로 주방에서 요리되는 식사에 더불어 신도들이 가져오는 음식들도 주방으로 옮겨진 후 접시에 담겨 점심 식탁에 오르는 형식인 것으로 보였다.

재순과 해성은 예배를 위하여 자리에 착석하였고 재순은 설교가 시작됨과 동시에 주체할 수 없는 잠을 이기지 못하고 고개를 떨구고 졸기 시작했다. 해성이 몇 차례 어깨를 툭툭 쳤으나, 그에 아랑곳없이 졸음의 기세가 맹렬히 밀려왔다.

설교가 끝나고 목사가 아멘을 나지막하게 외치자 그제야 재순은 잠에서 깼다. 설교가 영어가 아닌 한국어로 진행된 것은 확인했으나 무슨 내용의 설교가 이어졌는지는 전혀 기억이 나지 않았다. 재순은 잠의 마취가 풀리지 않은 몸뚱어리를 이끌고 지하 식당으로 해성을 따라 내려갔다. 식당으로 내려가니 학교 급식과 같이 아주머니들이 식당 모자를 쓰고 밥과 반찬을 배분하고 있었다. 한식 냄새가 솔솔 풍기는 게 꼭 한국에 온 듯한 착각을 들게 했다.

그들은 급식 줄에 서서 선미가 급식 배분을 하고 있는 것을 보았다. 재순은 선미를 실제로 마주하니 인터뷰 요청할 생각이 전혀 들지 않았다. 그래서 급식 줄에 해성과 나란히 서서 인터뷰는 그냥 접어야 될 것 같다고 말했다.

그런데 정작 해성은 급식 줄을 따라가 선미 앞에 서게 되자 크리스틴이랑 재순과 함께 내일 선미의 집에 놀러가서 저녁을 먹어도 되는지 유쾌한 목소리 톤으로 물었다. 선미는 내일은 안 되지만 모레는 좋을 것 같다고 대답하며 흔쾌히 해성의 제안을 수락했다.

재순은 해성의 뻔뻔스러움에 감탄했다. 해성 자신뿐 아니라

선미에게는 낯선 사람일 뿐인 재순까지도 그녀의 집으로 초대하게 하는 능력이란 정말 대단했다. 좀 어색했지만, 한편으로는 인터뷰 요청을 할 수 있는 제2의 기회가 생긴 것에 대해 다행이라고 생각했다.

Part 2

김치찌개

디저트가 당겼던 재순과 해성은 집으로 돌아오는 길에 아이스크림 집에 들러 아이스크림 통을 하나 구매했다.

크리스틴은 운동하고 돌아왔는지 운동복 차림으로 주방에서 과일을 믹서기에 갈고 있었다. 너무 쌩쌩해 보이는 점으로 미루어 보아 같이 교회에 나가기 싫어서 오전에는 꾀병을 부린 게 확실해 보였다.

재순은 아이스크림 통의 뚜껑을 열어 바닐라 초코아이스크림을 숟가락으로 퍼먹으며 해성에게 원래 선미와 친한 사이였는지 물었다. 해성은 그렇게 허물없는 사이는 아닐지 몰라도 종종 식사하는 정도의 친분이 있다고 표현하며 이야기를 시작했다.

정확한 시기는 기억나지 않지만, 그는 재작년 이맘때 우연히 선미를 도로에서 만난 적이 있다고 했다.

비가 추적추적 오는 칙칙한 어느 날이었다. 해성은 크리스틴과 함께 영화 데이트를 즐기고 차를 타고 귀가하고 있었다. 그리고 집 도착까지 대략 10분 남짓 남은 길목에서 해성은 선미를 보았다. 그녀는 길 맞은편에 보닛을 열어놓고 운전석에서 핸들에 머리를 박고 어깨를 들썩이고 있었다. 그는 크리스틴에게 한인 교회에 다니는 신도가 곤경에 빠진 것 같다고 얘기하고는 차를 돌려 선미의 차 뒤에 차를 대었다.

해성은 차에서 우산을 빼 들고 차에서 내려 천천히 사태 파악을 하며 선미에 다가갔다. 크리스틴은 조수석에 앉아 조용히 사태를 관찰하기로 했다. 해성이 운전석 창문을 똑똑 두드렸고, 선미가 깜짝 놀라며 핸들에서 얼굴을 떼었다. 그녀는 울고 있었던 모양인지 눈이 퉁퉁 부은 채로 화들짝 놀라 해성을 바라보았다. 그러고는 해성에게 차가 퍼졌는데 도움을 줄 수 있겠냐고 물어보았다.

해성은 자신의 차고로 선미의 차를 끌고 가서 수리를 도와주겠다고 제안하였다. 선미도 고개를 끄덕이며 케이블로 해성의 픽업트럭과 선미의 차를 연결했다.

그들은 평소 10분 걸릴 거리를 30분 넘게 걸려 도착했다. 해성은 선미의 차를 면밀히 살펴보더니 연장을 들고는 30분 만에 선미의 차를 뚝딱 수리해내었다. 엔지니어인 해성이 자신의 전공을 살려 차를 수리하는 동안 크리스틴은 해성이 수리하는 것을 구경하며 선미에게 따뜻한 차 한잔을 권했다. 선미도 일단 진정이 필요했기에 크리스틴이 권하는 차를 마다하지 않았다.

진정이 된 선미는 급격히 이 상황에 대한 부끄러움을 느꼈고 친절을 베푼 따뜻한 커플에 감사를 전했다.

그들은 주방에 앉아서 마저 차를 마시기로 했다. 그때 해성은 선미에게 무슨 일이 있었는지 조심스럽게 물어보았다. 선미는 호흡을 가다듬더니, 사실 오늘은 먼저 세상을 떠난 둘째 아들 케빈의 기일이라고 말해주었다. 선미는 해성과 크리스틴이 이미 아는지 모르겠지만, 세상을 떠난 자신의 둘째 아들이 몇 년 전 발생한 총기 난사 사고의 범인이었다고 털어놨다.

해성은 이미 소문을 통해 들은 바가 있었지만 자기는 처음 듣는 사실이라고 놀란 체하며 몰랐다고 대답했다. 선미는 하던 말을 이었다. 그녀는 전날 케빈의 기일을 맞이하여 혼자 조용히 미국 동부로 날아가 묘지를 방문했고, 방문을 마치고 차를 픽업해 돌아가던 중 차가 퍼져서 비 오는 도로 한복판에 좌초되어 있었던 것이라 했다. 선미는 그 상황에서 여러 감정이 복받쳐 울음이 터져 아무런 조치를 하지 못하고 앉아서 울고만 있었다고 했다.

그러면서 자신은 왜 어여삐 키운 케빈이 그런 나쁜 마음을 먹고 끔찍한 범행을 저질렀는지 아직도 전혀 알 수가 없다고 한탄

했다.

선미는 케빈은 성적도 준수하고 교우관계도 원만하여 어디 내놔도 꿇릴 게 없는 모범적인 학생이었다고 했다. 학교 내적으로든 외적으로든 범행에 대한 동기가 아직도 오리무중인 점에 대하여 선미는 엄마로서 억장이 무너지는 일이라고 얘기했다. 자식들 인생에 무관심하지도 않았고, 아이들을 이른 나이에 낳아 엄마로서 부족한 점이 많다고 생각했기에 더 열심히 아들들을 챙기던 선미였다.

선미에 따르면 케빈은 종종 남편보다도 듬직한 느낌을 줄 때가 있었다고 한다. 케빈은 소심하고 소극적인 형을 잘 챙기기도 하고 학교도 잘 다니며 성적도 잘 받아오던 믿음직한 아들이었다. 케빈이 학교에서 총기 난사의 범인이라는 소식을 들었을 때, 그녀는 절대 그럴 리 없다고, 경찰이 다른 동양인 학생과 케빈을 착각한 것이라고 굳게 믿고 있었다고 한다. 아들들에 대한 모든 걸 안다고 생각하진 않았지만, 적어도 자신의 아들이 그런 끔찍한 범행을 저지를 인물이 아닐 거란 확신은 있었다.

경찰에 따르면 케빈은 사건 후 얼굴에 총을 쏴 스스로 자기 생을 마감했다고 했다. 시신의 신원확인을 위해 가족에게 확인을 요청하는 절차가 있었는데, 케빈 얼굴의 손상 정도가 굉장히 심하다는 경고에 선미는 시신에서 고개를 돌렸다. 하지만 당시 발견된 소지품 및 시신의 이빨과 대조한 치과 기록 등 다수의 빼도 박도 할 수 없는 증거에 의해 해당 시신이 자신의 아들이 맞는 것으로 증명되었다고 한다.

그전까지만 해도 선미를 비롯한 가족 모두 케빈은 정신없는 사건의 현장 속에서 실종이 된 것이고, 진범은 다른 사람일 것이라 의심하고 있었다고 한다. 선미와 그녀의 가족은 어떤 오해의 소지가 있는 상황이 있었기에 케빈이 범인으로 지목이 된 것이라 그렇게들 믿고 있었다.

하지만 부정할 수 없는 증거들은 케빈을 수많은 목숨을 앗아간 살인자임을 가리켰다. 케빈이 어디선가 멀쩡한 모습으로 나타나지 않는 이상 수많은 증거를 무력화할 방법이 없었다. 선미와 남편 버크는 그 자리에서 세상이 무너진 듯 통곡하였고 첫째 아들 닉도 고개를 푹 숙이고 두 손으로 눈을 감싸며 눈물을 흘렸다.

여러 절차가 끝나고 건물 밖으로 나가자 기자들이 벌떼같이 나타나 플래시를 터뜨리며 카메라와 마이크를 들이밀었지만 선미는 그들이 눈에 들어오지 않았다. 그건 버크와 닉도 마찬가지였다. 저 멀리서 욕설하는 시민들도, 무언가를 투척하려다 경찰에 저지당하는 시민도 있었으나 이미 세상이 무너진 선미 가족에게 그 정도 불편은 불편으로 느껴지지도 않았다.

이 정도 얘기를 했을 때 선미의 얼굴은 참담함으로 잿빛이 되어 있었다. 그건 마치 생명력을 잃고 껍질만 남아버린 사람과 같은 모습이었다. 선미는 더 이상 울고 있지도 않았고 넋이 나간 상태로 아무 말도 하지 않고 공허한 눈으로 정면을 응시할 뿐이었다.

선미의 이야기에 해성과 크리스틴은 무슨 말을 해야 할지 몰랐다. 선미가 해준 이야기는 상상해 보지 못한 다른 세계, 혹은 어떤 심연의 세계를 몰래 엿본 듯한 느낌을 들게 했다. 젊은 커플은 참담하다는 말의 의미는 알았지만 선미의 고통을 가슴으로 느끼지는 못했다. 그들은 선미가 경험한 상실감과 절망감을 헤아리려 노력할 뿐이었다.

선미는 정적을 끝내며 한숨을 푹 쉬더니 이런 무거운 이야기로 마음을 복잡하게 해서 미안하다고 사과하며 이제 가봐야 할 것 같다고 하며 자리에 일어서려 했다. 이에 크리스틴은 괜찮다고 손사래 치며 함께 저녁을 먹고 가지 않겠냐고 했다. 선미가 이혼 후 혼자 살고 있는 것을 알았기에 그녀를 혼자 두고 싶지 않은 마음이었다.

해성은 김치찌개를 끓이겠다고 재빨리 선언했다. 이는 한국인 손님에게 자신 있게 내놓을 수 있는 거의 유일한 음식이기도 했다. 선미는 세 번까지 거절하였으나 해성과 크리스틴의 집요한 설득 끝에 저녁을 함께하기로 했다.

해성은 신속히 냉장고에서 돼지고기와 김치를 꺼내 냄비에 넣고 볶기 시작했다. 맛있는 냄새가 주방을 거칠게 접수했다. 음식 냄새를 맡고 나서야 선미는 자신이 많이 허기졌다는 사실을 깨달았다.

이윽고 식탁에 앉아있는 두 여인에게 해성은 김치찌개를 내어놓았다.

첫술을 뜨기 전에 선미는 자신의 차를 고쳐주고, 자신의 처량한 사연도 들어주고, 심지어 맛있는 음식까지 대접해준 커플에게 큰 감사 인사를 하였다. 또한 하나님께도 이런 좋은 사람들을 자신이 절박한 처지에 있을 때 보내주심에 감사 인사를 드렸다.

해성은 이를 계기로 그다음에는 선미의 집에 초대받아 저녁식사를 하고, 또 그다음에는 다시 해성과 크리스틴네 집에서 저녁 식사를 하는 식으로 친분을 쌓기 시작했다고 설명했다. 그는 선미의 심성이 굉장히 따뜻할 뿐만 아니라 그녀가 같이 대화하기 좋은 사람이기 때문에 금방 자연스럽게 친해지게 되었다고 했다.

어찌 보면 해성은 가족을 송두리째 잃은 선미에게 아들 역할을 하고, 선미는 미국으로 혈혈단신으로 넘어온 해성에게 엄마

역할을 한 셈이다. 그들은 서로에게 부족한 점을 채워주는 역할을 하는 것처럼 보였다.

재순은 이야기를 경청하여 듣다 보니 먹고 있던 아이스크림이 다 녹는지도 몰랐다. 어느새 정신을 차리고 한입 먹으려고 숟가락을 들었다가 다 녹아 있는 아이스크림을 보고는 국물마냥 후루룩 마셔버렸다.

재순은 혹시나 진짜로 인터뷰를 진행하게 될 것을 대비한 질문거리를 준비하며 공책을 꺼내 들고 이것저것 끄적였다.

동기부여

LA에서 보낸 첫 일요일은 재순의 예상대로 그에게 따스함과 여유로움을 선사했다. 거리에서 보는 사람들은 모두 여유로워 보였고 급하게 움직이는 사람들은 조깅하는 사람들밖에 없었다. 도시 자체가 하나의 거대한 테마파크처럼 모두가 풍요로운 마음으로 여유를 즐기는 사람들로 가득한 것 같았다.

해성과 크리스틴은 지치지 않는 체력으로 재순을 도시의 곳곳에 데려가며 잔뜩 구경시켜 주었다. 오히려 집에 돌아가서 쉬고 싶은 것은 재순 쪽이었다. 그럼에도 재순은 참 좋은 하루를 보냈다. 끝이 보이지 않는 해변도 걸었고 영화에서 보던 천문대도 구경했으며 도시가 내려다보이는 언덕도 걸었다. 저녁으로는 맛있는 해산물도 먹었다.

도시를 돌아다니는 것은 해성과 크리스틴에게도 설레는 일이었다. 평범한 일상에선 관광지를 가보고자 하는 생각이 들지 않으니 말이다. 재순의 방문 덕에 그들도 평소에 가보고자 했으나 차일피일 미루던 과업을 달성해낸 기분이었다. 언제든 갈 수 있는 곳은 쉽게 가지 않게 되는 법이다. 그런 익숙함에 속아 무기한 연기하게 되는 계획이 한두 가지가 아닌 것은 어떻게 보면 참 당연하고 일상적인 일이다.

녹초가 되어 집으로 복귀한 재순은 소파에 앉아서 오렌지 주스 팩에 빨대를 꽂아 빨아 마셨다. 실제로 진행할지 모를 인터뷰는 일단 화요일로 계획이 되어있으니 내일은 무엇을 해야 할지 고민이 되었다. 해성은 주중에는 출근해야 했기에, 재순은 평일 낮에는 크리스틴과 어울리기로 했다. 해성 없이 둘이서만 놀기에는 좀 불편할 수도 있지 않을까 생각했지만, 크리스틴이 외향적이고 조잘조잘 말이 많은 성격이기 때문에 금세 걱정을 접었다.

해성과 크리스틴은 한 주를 마무리하기 위해 분주히 밀린 집 안일을 해냈다. 매일 해도 끊이지 않는 집안일이 이틀간 손을 대지 않았다고 눈덩이마냥 불어나 있었다.

소파에서 주스나 빨아 마시던 재순도 눈치가 보여 집주인들의 만류에도 불구하고 집안일을 거들었다. 재순의 도움으로 집안 일은 금방 정리가 되었고 그들은 다 같이 소파에 앉아 미국 티브이를 시청하며 일요일 저녁의 여유로움을 만끽했다.

재순은 이 여유를 틈타 블로그에 여행기를 작성하기로 했다.

해성이 궁금한 듯 재순의 노트북 쪽으로 몸을 기울여 재순이 쓰고 있는 글을 보려 하자, 재순은 황급히 모니터를 가리며 아직 미완성이므로 작성이 완료되면 보여주겠다고 펄쩍 뛰었다. 해성은 어차피 보게 될 걸 왜 안 보여주려고 하는지 이해할 수 없었지만 어쨌든 다시 앉아있던 자세로 고쳐 앉았다.

재순은 블로그에 올릴 여행기 작성을 위해 피곤함을 핑계로 방으로 들어갔다. 그는 드디어 해외 여행기를 블로그에 올릴 수 있게 된 것만으로도 기분이 굉장히 좋았다. 그간 국내 여행이랍시고 음식점들을 돌아다니며 작성한 식도락기로 주를 이루던 재순의 평범한 블로그에 한줄기 희망의 빛줄기가 드리우는 느낌이었다. 이런 훌륭한 여행 콘텐츠라도 얻었으니 굳이 선미와의 인터뷰를 따내기 위해 무리할 필요 없겠다는 생각이 들어 재순의 마음이 편해졌다.

하지만 재순은 본인이 총기 난사범의 동기를 파악하는 특종을 잡게 된다면, 일개 블로거가 아니라 본격적으로 성공가도를 달리게 되지 않을까 하는 상상도 해보았다. 블로그가 잘 풀리면 전통적 방식의 노동에서 해방될지도 모를 일이었다. 사실 재순은 남들과 같이 회사에 다니며 조직 생활을 평생 생업으로 삼을 자신이 없었다. 그는 똑 부러진 일 처리나 직장에서 훌륭한 성과를 내는 방식으로 상사들로부터 인정을 받는 자신의 모습을 전혀 상상할 수 없었다. 동일선상에 있다고 느꼈던 재순의 친구들 중 몇몇은 이미 대기업 등의 훌륭한 직장에 다니며 자신의 분야에 대한 전문성을 키우고 화려한 경력을 쌓고 있었다. 그는 주변에서 연봉을 얼마나 받고 일하며 성과급으로 얼마를 받았다는 말을 들을 때면 자신이 한없이 작아지는 듯했다. 이는 동시에 왜 남들이 열심히 준비할 때 함께 열심히 하지 않았나 하는 눈물겨운 후회로 이어지곤 했다. 하지만 시간을 다시 돌렸을 때, 그의 친구들이 성공을 위해 기울인 만큼의 노력을 취업 준비에 기울일 수 있을지는 회의적이었다. 결국 재순은 사람마다 특출난 재능이 있고 자신의 재능은 아직 밝혀지지 않아 와신상담 중인 것으로 스스로를 위로했다.

재순은 가까스로 때아닌 자아성찰에서 벗어나 사건에 대한 지난 뉴스기사들을 찾아보기로 했다. 인터넷에 '케빈 윌리엄스 총격'이라 검색하자 수많은 검색 결과가 나왔고 더 많은 뉴스기사들이 있었다.

뉴스기사들은 모두 동일한 내용을 다르게 풀어서 쓴 것들이었다. 대개의 검색 결과는 사건이 흘러간 경위, 사망 피해자에 대한 이야기, 총기 규제에 대한 찬반 논란, 학교 총기 난사를 방지하기 위한 대책 등 여러 부수적인 주제들을 담은 기사와 칼럼들이었다. 하지만 어느 하나 제대로 된 사건 동기에 대한 설득력 있는 가설을 제공하지 못했다. 경찰 조사는 친구들과 다툼으로 인한 우발적인 범행으로 결말을 내린 것으로 보였는데, 이는 평소 케빈이 교우관계가 원만했다는 당시 학생들의 주장이 있었고, 선미 또한 그녀가 아는 한 케빈의 학교생활에는 문제가 없었다고 말했다기에 믿을만한 조사결과로 생각할 수 없었다. 죽은 자는 말이 없으니 정확한 사건 동기는 유서가 없는 이상 아무도 알 수 없었다.

인터넷으로 조사를 이어 나가는 데 한계를 느낀 재순은 소셜 네트워크로 방향을 전환해보기로 했다. 사건이 일어난 것은 지금으로부터 정확히 10년 전인 2004년이었고, 이 당시에는 소셜 네트워크라는 게 존재하지 않을 시절이었다. 따라서 인터넷으로 사건 당시의 케빈 윌리엄스와 동문이었을 사람들의 이름을 찾아내어 소셜 네트워크로 연락해 보는 쪽이 나아 보였다. 조금 전 본 뉴스기사에서 사건 직후 동급생을 인터뷰한 내용이 기억난 재순은 해당 기사를 찾아내어 해당 인물의 이름을 찾아냈다. 하지만 찾아낸 이름은 린지 테일러라는 특색 없는 흔한 이름이었다. 인구가 3억이 넘는 미국에 동명이인이 수천 명이기에 아무리 지역으로 특정한다 하더라도 10년이 지난 지금 어디에 살고 있는지도 알 수 없는 터라 린지 테일러는 포기하기로 결정했다.

한 가지 흥미로운 점은 린지 테일러라는 사람의 인터뷰 내용이었는데, 그녀의 인터뷰 내용은 악의에 가득했지만 어딘가 모르게 케빈을 평소에 잘 알고 지낸 느낌을 주었다. 케빈은 사건전 언제부터인지 세상과 담을 쌓고 친구들과 한마디 대화도 하지 않았으며 누군가 말을 걸기라도 하면 사람을 잡아먹을 듯이 노려보았다고 한다. 케빈은 원래는 활발하고 친근한 성격이었기 때문에 린지 테일러는 이러한 기행에 큰 상처를 받았다고 한다. 그녀는 덧붙여, 그때부터 원래 케빈의 본색이 드러난 것 같다고 했다. 자신은 케빈의 기행이 시작된 순간부터 그가 원래대로 돌아올 것이란 기대는 전혀 하지 않았다면서, 그래서 그녀도 똑같이 거리를 두기 시작했다며 그게 자신이 여태 내린 결정 중 가장 현명한 결정이었다는 내용의 인터뷰였다. 그에 이어 린지는 케빈이 최근 친구들과 트러블이 있었고 그 과정이 전혀 좋지 않게 이어졌는데, 여기에 본래의 이상한 성격이 더해져서 이런 참극이 발생한 것 같다고 과감한 추측을 했다.

　해당 인터뷰 이외에는 대개 케빈의 성격에 대하여 크게 모난 점 없고 친근한 성격으로 묘사하는 기사가 많았지만, 아쉽게도 이런 인터뷰를 제공한 사람들의 이름은 익명으로 되어있었다. 아마 많은 언론은 초기에 린지 테일러의 인터뷰를 참고하여 기사를 작성하였고, 그런 이유로 케빈이 평소에 친구가 없었고 공격적인 성향의 소유자였다는 식으로 헤드라인이 작성된 것이라고 재순은 생각했다. 린지 테일러의 이야기만 듣고서 케빈에 대한 편견을 갖고 싶지 않기에 재순은 최대한 여러 정보를 골고루 섭취했다. 어떤 주장을 찾게 될 경우 그와 상반되는 주장도 검색해 보고, 그 두 주장을 비교해 보면 어떤 식으로 두 주장을 참고해야 할지 감이 오게 된다. 한 의견에 치우치지 않는 것이 재순의 큰 장점 중 하나였다.

대강 조사를 마무리하고 노트북을 덮으려던 찰나, 해당 총기 사고 피해자들의 심리치료 모임에 대한 2년 전 기사를 찾게 되었다. 이 모임이 있는 지역은 실제 사건이 벌어진 학교에서 멀지 않은 곳으로, 많은 피해자들은 터전을 버리지 않고 계속 같은 동네에서 살고 있었던 것으로 보였다.

재순은 그 모임을 대표로 켄 나가토모라는 사람이 인터뷰에 응한 것을 보았고, 기사에 있는 얼굴 사진과 소셜 미디어에서 발견한 여러 명의 켄 나가토모 중 굉장히 비슷한 이목구비를 가진 사람을 발견하여 재순은 순간 환희에 가득 찼다.

재순은 지체할 틈 없이 바로 켄 나가토모에게 메시지를 보내 놓기로 결심했다. 재순은 자신을 한국에서 발생한 총기 사고로 인한 피해자라고 속여, 켄 나가토모에게 방금 전 기사로 본 내용을 보고 용기를 내어 총기 사고 피해자 모임에 참여해 보고 싶다는 내용의 메시지를 보냈다. 거짓말을 한 이유는, 사실대로 말하면 켄이 인터뷰에 응하지 않을 것 같았기 때문이다

　재순은 켄에게 접근하기 위해 거짓말을 한 점이 마음에 걸리긴 했으나, 그보다 거짓말이 씨알이라도 먹힐지 그게 더 걱정이었다. 노트북을 덮고 내일 답장이 와 있을지 확인해 보자고 생각하면서, 피곤한 나머지 미처 세수도 하지 못한 채 잠에 빠져 버렸다.

빨간 스포츠카

재순은 광활한 우주를 떠도는 느낌으로 잠을 잤다. 그는 마치 몇 년간 냉동되어 있다가 막 깨어난 것처럼 잠에서 깨어 침대를 벗어났다. 시계를 보니 시간은 이미 1시가 넘어 있었다. 왜 아무도 안 깨워준 걸까 생각하여 순간적으로 해성과 크리스틴을 원망했으나, 그간 빡빡한 여행 일정으로 힘들었을 재순을 위해 편안히 휴식을 취하도록 배려해준 것임을 깨닫고는 다시 평정심을 되찾았다.

재순은 핸드폰을 열었을 때 켄 나가토모로부터 답장이 와있는 것을 보았다. 설마 답장이 진짜로 올 줄은 몰랐는데 막상 답장이 와있는 것을 보니 감당하지 못할 수준으로 일이 커지는 것은 아닐지 걱정이 앞섰다. 걱정 때문인지 만족감 때문인지 알 수 없는 이유로 재순은 한숨을 내쉬었다.

그는 답장 내용을 확인하기 위해 핸드폰의 메시지 아이콘을 눌렀다. 켄의 답장은 굉장히 간결하지만 친절한 느낌을 주었다.

답장은 대강 '연락을 주어 고맙고, 매주 목요일 저녁 6시에 총기 사고 피해자 모임이 있으니 관심이 있으면 참여해달라'는 내용이었다. 메시지의 마지막 부분에는 친절히 주소도 적혀 있었다.

재순은 방 밖으로 나가 거실에서 노트북으로 무언가 열심히 타이핑 중인 크리스틴에게 다짜고짜 수요일 밤이나 목요일 오전에 미국 동부로 좀 가봐야 될 것 같다고 말했다.

크리스틴은 재순이 잠을 잘못 자서 헛소리를 하는 건가 의아해하며 재순을 너무 오래 재우는 게 아니었다고 생각했다. 크리스틴은 재순에게 이유를 물었고, 재순은 지난밤 몇 시간 동안 이어진 조사 내용과 함께 켄 나가토모에게 연락을 취하게 된 전후 사정을 열심히 설명하였다.

현재 석사과정을 마치고 논문을 쓰고 있는 크리스틴은 목요일에는 학교에 가봐야 한다면서 동부까지 같이 가줄 수 없을 것 같다고 미안하다고 했다. 그녀는 대신 공항까지는 꼭 차를 태워주겠다고 약속했다. 재순은 뭐 이런 것까지 따라오려고 했나 생각했지만, 생각해준 것만으로도 고맙다고 얘기했다.

크리스틴은 작업 중이던 노트북을 딱 덮더니, 밥시간이라 배고프니 밥 먹으러 나가자고 했다. 재순도 마찬가지로 배가 고팠기 때문에 부랴부랴 준비를 마치고 크리스틴과 나갈 준비를 하였다. 해성이 출근하면서 차를 몰고 나갔기 때문에, 시내까지는

어떻게 가려는 건지 궁금했는데, 크리스틴은 차고에 차가 한 대
가 더 있다며 재순과 함께 차고로 들어갔다.

차고에는 흥미로운 차가 한 대 주차되어 있었다. 해성은 차를
차고에 주차하지 않고, 항상 차고 문 앞에 주차를 해두었기 때
문에 재순은 그저 차고는 창고처럼 쓰는 모양이다 생각했는데,
차고에는 영롱한 빨간 빛을 뿜내는 2인승 독일제 스포츠카가 그
엄청난 위엄을 과시하고 있었다.

재순은 깜짝 놀라, 크리스틴에게 혹시 부자인지 물었다. 크리
스틴은 깔깔 웃으며, 아버지가 사업을 하시는데 작년에 사업 실
적이 굉장히 좋아 크리스틴의 생일 선물로 차를 뽑아 주셨다고
했다.

재순은 수줍게 조수석에 타며, 부잣집 데릴사위로 들어간 해
성의 처지가 말로 형용할 수 없이 부러웠다. 해성이 부러운 것
인지, 그는 부잣집 딸내미인 크리스틴이 부러운 것인지, 성공한
사업가인 크리스틴의 아버지가 부러운 것인지는 알 수 없었고,
사실 이런 비싼 차를 타보는 것 자체가 감개무량했다.

그들은 라디오로 음악을 빵빵하게 켜놓고 시내를 향해 달렸
다. 재순은 밥 먹으러 어디로 가는 것인지 큰 소리로 물었다. 오
픈카로 쌩쌩 달리다 보니 소리 지르듯 크게 말해야 상대방이 자
신의 말을 들을 수 있는 점은 한 가지 단점이었다.

크리스틴은 제대로 된 LA 음식을 맛 보여주겠다고 선포하며 의기양양해 했다. 독일제 오픈카를 운전하며 한 손에는 운전대, 한 손으론 머리카락을 정리하는 크리스틴이 자신감 넘치는 어조로 얘기하니, 지금 가고 있는 이 음식점은 굉장히 대단한 음식점이겠다고 재순은 생각했다. 이 순간만큼은 크리스틴에 대한 신뢰도가 천 퍼센트 상승해 있었다.

그렇게 그들은 LA 차이나타운에 도착했고 차이나타운 중 가장 허름해 보이는 한 음식점에 입장했다. 재순은 진짜배기 LA 음식점이 왜 차이나타운에 있다는 것인지 믿을 수가 없었다. 크리스틴에 대한 신뢰도가 시험대에 오른 순간이었다.

음식점은 굉장히 허름했지만 식당에 사람들이 바글바글했다. 종업원들이 빨간색 앞치마를 두르고 여기저기 일사불란하게 움직이고 있었다. 식당에 막 입장한 재순과 크리스틴을 발견한 한 종업원이 그들을 테이블로 안내했다.

크리스틴은 익숙한 듯 자리에 앉자마자 바로 음식을 주문했고 5분쯤 지나자 우육면 한 그릇, 곱창 튀김 한 접시, 작은 동파육 한 접시가 차례차례 테이블 위로 올라왔다. 두 명이 먹기에 많은 양이었지만, 그들은 순식간에 모든 접시를 깔끔하게 해치웠다.

식도락은 재순의 전문 영역인 만큼 그의 기준도 까다로운 편이었지만, 재순은 크리스틴이 맞았음을 인정할 수밖에 없었다.

식사가 끝나고 그들은 손에 커피를 한 잔씩 들고 따뜻한 햇살을 받으며 고층 빌딩들이 즐비하게 들어선 시내를 걸었다. 크리스틴은 아무래도 재순이 어떻게 10년 전 일어난 총기 난사 사고 이야기를 풀어나갈 것인지 궁금했다. 무엇보다도 이 사건에 심취하여 2주간의 미국 여행을 망치는 것은 아닐지 걱정이 되었다. 크리스틴은 아이디어를 제공한 사람으로서 일종의 책임감을 느끼는 것 같았다.

재순은 보다 치밀하게 이 인터뷰를 준비하고 있었다. 현시점에서 재순은 케빈 윌리엄스의 가족 및 당시 친구들 모두를 만나볼 작정이었다. 그는 사실 어떤 미스터리를 해결하기보다는 현장취재 느낌으로 이 여행기의 콘셉트도 이미 변경하였다. 그렇게 변경하기로 결정한 이유는 간단했다. 현실적으로 이미 미궁에 빠져버린 사건 동기를 알 수 없기 때문이었다. 죽은 자가 살아나지 않는 이상 불가능했다.

다만, 사건을 아는 당시의 사람들을 찾는 것도 쉽지 않을 뿐만 아니라, 어렵게 찾더라도 이들이 인터뷰에 응할지는 알 수가 없는 것이기에, 재순이 인터뷰에 너무 매몰되어 그렇게 길지 않은 시간 동안 미국을 제대로 즐기지 못하고 귀국하게 되는 건 아닐지 크리스틴은 자신의 걱정을 표현했다. 재순은 너무 걱정하지 말라고 얘기하며, 사실 이 덕에 여행이 더 흥미진진해진 것 같다고 말해주었다. 게다가 원하는 내용을 모두 못 담는다 하더라도 절대 크리스틴을 원망하지 않을 것이라고 덧붙였다.

　이렇게 된 이상 크리스틴도 재순이 있는 동안 필요하다면 열심히 자료 조사를 도와 재순이 최대한 의미 있는 여행을 보낼 수 있도록 돕기로 했다.

죽어도 싼 애들

월요일 저녁, 해성이 퇴근한 후 삼총사는 함께 코리아타운에 가서 LA갈비를 뜯었다. 재순과 크리스틴은 해성이 업무시간 중 발생한 황당한 사건을 희극적으로 풀어내는 것을 경청했다.

화요일 오전에 해성은 평소와 같이 다시 출근하고, 재순은 미국 시간에 맞게 적절한 시간에 기상했다. 그는 오후에 크리스틴과 커피 한잔을 하고 산타 모니카 해변을 걷고 그 지역 일대를 구경했다.

이윽고 화요일 저녁이 되어, 선미와의 저녁 식사 시간이 다가오면서 재순의 머릿속이 복잡해졌다. 그는 머릿속에서 여러 시나리오를 써 내려가며 최대한 선미가 불편하거나 기분 나쁘지 않도록 질문을 잘 포장하는 연습을 했다.

삼총사는 잘 차려입고 해성이 퇴근길에 사 온 떡을 들고 초인종을 눌렀다. 코리아타운에 위치한 미국식 아파트 건물은 재순에게도 신기한 경험이었다. 아파트는 낯선 구조 및 복도에서 풍기는 낯선 청소 약 냄새 덕에 이국적인 느낌이 물씬 났다.

문이 열리며 맛있는 냄새가 먼저 손님들을 맞이하였다. 재순과 해성은 즉시 배가 고파졌고 먹을 생각에 신이 나기 시작했다. 선미는 먼저 해성과 크리스틴에게 반갑게 인사를 했고 재순에게도 싱글싱글 웃으며 환영해 주었다.

선미는 배고프지 않았냐며 손님들을 자리에 앉히고는 음식이 금방 마무리되니 조금만 기다려 달라고 얘기했다. 주메뉴는 떡갈비였고, 가스레인지 위에서 된장찌개가 보글보글 끓고 있는 것이 보였다. 식탁에는 반찬이 진수성찬으로 깔려 있었다. 금색의 수저도 미리 세팅되어 깔끔함을 뽐내고 있었다.

해성은 익숙한 몸짓으로 물통과 컵 네 잔을 가져와 식탁에서 물을 따랐다. 재순과 크리스틴은 식탁에 앉아서 음식이 완성되는 마지막 과정을 지켜보았다.

얼마 기다리지도 않았건만 선미는 너무 오래 기다리게 해서 미안하다고 연신 사과하며 완성된 메인 메뉴를 식탁에 올렸다. 떡갈비와 된장찌개에서 따뜻한 김이 모락모락 나며 배고픈 손님들을 유혹했다. 항상 배가 고픈 청년 해성은 음식을 호호 불어가며 허겁지겁 밥과 떡갈비를 입에 넣고 김치, 콩나물 등의 반찬도 차례대로 부지런히 젓가락을 놀려가며 입에 집어넣었다.

재순도 선미의 음식 솜씨에 감탄하며 입에서 살살 녹는 떡갈비의 부드러움을 경험했다. 타국에서 맞이하는 우리의 맛이라 더욱 큰 감동을 느낀 것이 분명했다.

크리스틴도 떡갈비를 맛있게 먹었으나 그녀에게는 다른 음식보다 된장찌개가 더 맛있었다. 그녀는 따끈따끈한 두부와 시원한 된장찌개 국물 맛에 매료되어 자신도 모르는 사이에 밥을 '도둑맞아버렸다.'

선미는 열심히 음식을 먹는 재순에게 미국 여행은 재미있게 하고 있는지 물었다. 재순은 그간에 LA에서 느낀 디테일한 감상을 공유했고 식탁에 앉은 모두가 그의 감상에 공감했다. 선미는 이어서 재순이 한국에서 무슨 일을 하는지 물었다. 아직 직장은 없고 취업 준비 중이라고 대답했다. 그리고 취업이 어려운 현실에 대하여 변명하듯 설명했다.

선미는 재순이 아직 나이가 어리니 괜찮다며 취직하기 전에 미국에 놀러 온 것은 참 잘한 일이라고 재순을 격려했다. 미국이 넓기에 볼 것도 많고 할 것도 많다며 재순에게 여행 팁을 알려주었다. 재순은 고개를 끄덕이며 선미가 알려주는 다양한 여행 팁을 공책에 받아 적었다.

마침내 식사가 끝나고 빈 접시들은 하나둘 싱크대로 옮겨졌다. 선미는 차를 끓여 손님들에게 대접했다. 멋스러운 찻잔들이 한두 잔씩 따뜻한 차를 온몸으로 받아냈다. 선미가 주전자를 기울여 차를 따라주던 중 해성은 왜 어제 저녁 식사를 할 수 없었는지 선미에게 물었다.

선미는 답변을 꺼리는 듯하더니, 어제가 케빈의 기일이라 일박 이일 여정으로 예전 살던 도시를 잠깐 방문하고 왔다고 했다. 재순도 자료 조사를 통해 어제로 총기 난사 사건이 일어난지 딱 10년이 된 것을 알고 있었다.

선미는 무덤덤하게 케빈이 세상을 떠난 지 벌써 10년이 지났다며 시간이 참 빠르다고 혀를 찼다. 그러면서 본인 나이 먹는 것도 실감이 나지 않는 일이라며 실소를 지었다.

재순은 케빈이 누군지 모른 척하며 아주 공손히 케빈이 누구냐고 선미에게 질문했다. 선미는 말을 할까 말까 잠시 고민하는 것처럼 보이더니, 어차피 해성과 크리스틴을 통해 듣게 될 바에야 본인을 통해 듣는 편이 낫지 않을까 판단하고는 크게 분위기가 무거워지지 않는 선에서 잘 말해 봐야겠다고 결심한 듯 이야기를 시작했다.

선미는 길게는 얘기하고 싶지 않았기 때문에 짧고 간결하게 설명했다. 이야기의 요지는 둘째 아들인 케빈이 총기 애호가인 아버지의 총기함에서 몰래 총을 훔쳐서 따돌림받던 형에 대한 복수를 하기 위해 따돌림 주동자들을 포함한 여러 학생을 사망케 했다는 것이다. 이야기를 듣던 해성은 원래 동기는 선미도 모르고 있던 것 아니었냐고 의아해하며 후속 질문을 이었다.

선미는 이번에 케빈의 묘지에 갔을 때, 첫째 아들 닉과 만나 얘기를 했다고 설명했다. 이혼 후 첫째 아들 닉과는 종종 연락하지만 실제로 만나는 건 1년에 한두 번 정도라고 하는데, 이번 만남에서 닉과 사건에 대해 얘기할 기회가 있었다고 한다. 닉은 창피한 일이지만 동생이 학교에서 따돌림당하는 형을 보호하기 위해서 벌인 짓이 맞다고 확신에 차서 얘기해주었다고 한다. 선미는 좀 더 자세한 내막을 듣고자 했으나 닉이 더 이상 이에 관하여 이야기하기를 꺼렸다고 한다. 그동안 수사기관에는 왜 일절 언급하지 않았냐는 질문에는, 공범으로 몰릴까 봐 무서웠기 때문이라고 했으며, 또한 동생이 형에 대한 복수를 벌인 것이 형으로서 '창피한 일'이었다고 대답했다는 것이다.

10년이 지난 시점에서 듣는 범행 동기에 선미는 말문이 막혔다고 한다. 닉에게는 그의 잘못이 아니니 창피하다 생각지도 말고 너무 마음속에 담아두고 있지도 말라는 걱정 섞인 충고를 했고, 여러모로 복잡한 감정이 북받친 모자는 그 자리에서 서로를 부둥켜안고 울었다고 한다.

꽤 긴 시간이 흘렀음에도 선미 가족에 가해진 깊은 상처는 여전히 아물지 않은 것이 분명했다. 상처가 아물지 않았음에도 선미는 이제 그 상처가 주는 고통에는 어느 정도 무디어져 있었다. 선미는 우울한 표정을 짓고 있지 않았고 심지어 어둠 속에서 광명을 찾은 듯한 표정을 짓고 있는 것 같았다.

해성의 의도치 않은 지원사격으로 사건의 해답을 찾은 재순은 이 틈을 타 혹시 관련 이야기를 자신의 여행기에 담아도 되는지 선미에게 물었다. 아직은 블로그를 찾는 사람이 거의 없긴 하지만 이렇게라도 사건의 진실이 사회에 알려지는 발판이 마련되는 것이 좋지 않겠냐는 식으로 선미를 설득해 보았다.

선미는 일단 재순의 블로그를 먼저 구경해보았다. 재순이 말한 대로 정말 블로그 방문자 수가 적기도 했고 추가로 이 사건이 미디어에 알려진다 하더라도 더 이상 어떠한 사회적 파장도 없을 상황이라 판단해 흔쾌히 허락을 해주었다.

자신감이 붙은 재순은 선미에게 몇 가지 질문을 하기로 했다. 일단 첫 번째 질문으로, 학창 시절의 닉과 케빈은 어떤 아들들이었는지 물었다.

닉과 케빈은 나이 차이가 적음에도 불구하고, 우애가 좋고 서로를 잘 챙기는 사이 좋은 형제였다. 닉이 케빈보다 한 살 더 나이가 많았지만, 항상 케빈이 닉을 더 많이 챙겼다.

닉은 소심한 면이 많았지만 머리가 비상하여 온갖 수학 및 과학 대회에서 최고 성적을 내는 우등생이었다. 안타깝게도 지식을 쌓는 데 욕심이 많은 닉과 딱히 친구가 되고자 하는 학생들이 많이 없었다. 비슷한 결을 가진 닉의 친구들이 소수 있었지만, 다 함께 인기가 많은 운동부 학생들에게 종종 괴롭힘을 당하곤 했다. 반면 케빈은 닉만큼 공부에 소질이 있지는 않았지만, 운동 능력이 뛰어나 학교 아이스하키부에서 나름 없어서는 안 될 귀한 자원으로 여겨졌다. 케빈은 적당히 외향적인 성격에 항상 주위에 친구가 많았고 학교에서의 인간관계는 상당히 좋은 편이었다.

둘은 어렸을 때 상당히 많이 닮았다는 소리를 자주 들었다. 형제는 어렸을 때부터 성향은 달랐지만 겉으로 봤을 때는 누가 봐도 형제로 알아볼 수 있을 만큼 많이 닮아 있었다. 선미의 부엌 한편에 놓여있는 옛 가족사진만 봐도 닉과 케빈은 묘하게 많은 구석이 닮아 있었다.

케빈은 너무 공부에만 몰두하는 형이 답답하여 종종 파티에도 데려가곤 했다. 그는 형이 너무 공부만 해서 어른이 되어 학창 시절의 좋은 기억이 없을까 봐 걱정이었다. 하지만 닉은 파티에서 종종 다른 여학생과 말도 걸어보고 했지만 큰 소득이 없었다. 그래도 닉은 종종 자신도 케빈과 같이 인기가 있었으면 하는 바람이 있었기 때문에, 케빈이 파티에 같이 가자고 꼬드기면 이견을 표출하지 않고 동생을 따라갔다.

둘은 우애가 깊을 뿐만 아니라, 부모에 대한 효심도 깊었다. 형제가 잘 싸우지 않는 것만으로도 부모 입장에서는 큰 효도였지만, 미국 아버지의 날과 어머니의 날마다 항상 그들은 특별한 선물을 사와 부모를 기쁘게 했다. 선미와 버크는 이런 아들들이 기특하고 자랑스러웠으며, 훌륭한 아들들이 있음에 항상 감사했다.

선미는 부엌 창틀에 앉아있는 선인장을 가리키며 저 선인장도 아들들이 예전에 선물해준 것이라고 말했다. 두 아들은 더 이상 같은 집에 살고 있지 않지만 선인장만이 남아 아들들에 대한 행복한 시절의 기억을 상기시키는 역할을 했다.

첫 번째 질문에 대하여 만족스러운 대답을 얻은 재순은 두 번째 질문으로 넘어갔다. 그는 선미에게 버크와 이혼하게 된 이유를 물었고, 혹시 너무 민감한 주제라면 대답해 주지 않아도 된다고 덧붙였다. 선미는 대답 못 할 얘기는 아니라고 하며 설명을 이었다.

선미와 버크는 고등학교 때 만나 졸업 후 결혼하였다. 결혼 후 얼마 지나지 않아 선미는 닉을 임신했다. 대학 진학이나 커리어에 대한 생각이 간절하지 않았던 선미는 육아의 길을 선택했다. 반면에 성공 열망이 강했던 버크는 학교 졸업 후 하던 일을 그만두고 대학교에 가고 싶어 했고, 버크의 부모는 아들이 꿈을 포기하지 않길 바랐다. 선미와 버크 가정에 적극적으로 도움을 주겠다고 나서며 애는 본인들이 봐도 되니 선미까지도 원하면 대학에 진학하라고 권유했다고 한다.

하지만 선미는 자신의 아이는 자신이 키워야 한다는 신념이 강하여 버크 부모의 권유를 거절하고 육아에 전념했다. 버크는 반대로 육아에 대한 부담을 덜자 가벼운 마음으로 학업에 집중하고 틈틈이 육아를 도왔다. 어쩌다 보니 의도치 않게 둘째가 생겼음에도 기존 노선에 대한 변화는 없었다. 버크가 종종 육아에 소홀하더라도 선미도 이에 대한 불만은 없었다. 그 덕분에 학업을 성공적으로 마친 버크는 좋은 성적으로 대학교를 졸업하여 원하던 좋은 직장을 갖게 되었다. 버크의 입사가 확정된 날, 선미 가족은 축하 파티를 벌였다. 그 순간만큼, 그들은 그동안의 고생에 대한 보상을 받는 기분이 들었다고 한다. 그들은 앞으로 꽃길만 걸을 생각에 큰 꿈과 희망에 부풀어 있었다.

버크의 직장은 안타깝게도 잦은 출장이 요구되었다. 어쩔 수 없이 아이들은 엄마의 사랑만을 듬뿍듬뿍 받고 자랐다. 버크는 대신 물질적인 부분으로 자신의 잦은 부재를 보상하고자 하였다. 그는 아이들을 너무도 사랑했지만 본업에 충실하다 보면 여러 순간들을 놓칠 수밖에 없다는 점을 받아들였다. 그는 자신의 희생을 통해 가족이 행복할 수만 있다면 언제든지 더 큰 희생도 치를 각오가 되어있었다.

하지만 그 희생은 버크만 치른 것이 아니었다. 닉과 케빈은 어린 시절부터 선미에게 모든 것을 의지하며 자랐고, 선미 역시 버크의 빈자리를 메워야 한다는 일종의 책임감에 짓눌려 자신을 더욱 내려놓은 채 두 아들을 지극정성으로 돌보았다.

그리고 시간이 많이 흘러, 총격 사건이 벌어진 이후 죽은 케빈을 제외한 가족이 저녁 식사를 할 때였다. 일반적이라면 사고 희생자들에 대한 영웅담이나 미담을 담을 미디어에서 몇몇 사고 희생자들에 대한 악행을 담은 내용을 보도했다. 선미 가족도 말 없이 조용히 저녁 식사를 하며 그 내용을 듣고 있었다.

내용인즉슨 특정 학생들이 만취상태로 한밤중에 시내 상점에서 행패를 부려 기물을 파손하고 상점 주인을 폭행했다는 것이다. 해당 방송국에서 어떤 의도로 이 내용을 보도한 것인지는 알 수 없으나, 보도 자료의 사건 사진들을 통하여 그 학생들에 대한 동정심이 싹 사라지게 했다. 해당 학생들은 초범인 이유, 아직 나이가 어린 점, 그리고 반성하는 태도를 보인 점으로 약간의 사회봉사로 죗값을 치렀다고 한다.

음식을 씹는 소리 이외에는 적막만이 감돌던 식탁에서, 선미는 자신도 모르게 그 학생들을 향하여 "죽어도 싼 애들"이라고 말해버렸다. 선미는 자신이 뱉은 말을 주워 담으려 했으나, 이 짧고 강력한 발언은 버크의 뇌에 깊게 각인되어 버렸다. 버크는 천천히 음식을 씹다가 꿀꺽 삼키고는 숟가락과 포크를 소리 나게 식탁에 내려놓았다. 그는 물로 입을 짧게 헹구고는 열 받은 듯 자리에서 일어나 먹은 자리를 정돈하고 주방을 떠났다.

닉은 눈치를 보며 음식을 싹싹 비우고는 눈치를 살살 보다가 말없이 자리를 떴다. 선미는 자신의 발언을 후회하며 머리를 감싸고 식탁에 엎어졌다.

선미의 발언은 직간접적으로 이혼의 촉매제가 되었다. 버크는 선미에게 해당 발언에 대한 저의를 묻다가 감정이 격해져서 그런 마음씨로 아이들을 잘못 키웠기 때문에 그중 하나가 총기 난사범이 된 것이라고 주장해 논쟁을 격화시켰다.

그간 육아에 큰 관여가 없던 남편으로부터 자식 교육을 잘못했다는 충고에 머리끝까지 화가 난 선미도 바락바락 소리를 지르며 항변했다. 이는 모든 걸 내려놓고 아이들만 보고 살아온 선미에게 너무 가혹한 주장이었기 때문이다. 선미도 결코 가만히 서서 비난을 감수할 의향이 없었다.

밤새 이어진 논쟁 끝에 그들은 이혼을 결심하게 되었다. 버크는 그동안 잘못 이루어진 교육을 자신이 바로잡겠다며 닉에 대한 양육권을 주장했다. 사건 희생자들에 대한 다소간 선을 넘은 발언은 선미에게 불리한 방향으로 작용하여 이례적으로 이혼 후 자식에 대한 양육권이 남편에게 주어졌다.

결론적으로 가족만 바라보고 살았던 선미는 사건 이후 모든 것을 잃게 되었다. 그간 정을 생각하여 금전적으로 여유가 있는 버크는 매달 조금씩 선미에게 생활비를 송금했는데, 그마저도 없었다면 자신의 삶이 더 힘들었을 것이란 생각에 선미는 자신의 처지가 더욱 비참하게 느껴졌다.

재순은 조심스럽게 왜 그 당시에 그 희생자들에 대해 죽어도 싸다 생각했는지를 물었다. 선미는 생각을 하는 듯 꽤 오래 허공을 바라보더니, 그 학생들이 닉과 케빈을 괴롭혔던 것 같다고 얘기했다. 물론 심증에 입각한 선미의 생각이었고 그들이 닉과 케빈을 괴롭혔다는 직접적인 증거는 없기 때문에 이에 대해 선미는 그 이상의 답변은 피했다. 그러면서도 그 발언은 잘못된 것이 맞았다고 인정하며, 특히 가족 앞에서 그런 말을 해선 안 됐다고 후회했다.

재순은 이 학생들에 대한 조사도 해보아야겠다 생각하고 까먹지 않도록 공책에 적어두었다. 인터뷰는 이쯤 하면 되겠다 싶어 재순은 너무 잘 대답해준 선미에 감사 인사를 했다.

선미는 한숨을 푹 쉬며 이미 지나간 일이라 자신은 과거를 바꿀 수 없으니, 이 인터뷰가 재순이 말한 대로, 어떤 식으로든 다음 세대가 똑같은 과오를 저지르지 않는 데 일조할 수 있으면 좋겠다고 말했다.

해성은 이쯤에서 화제를 전환해야겠다고 생각하여 교회사람들에 대한 가십을 늘어놓았다. 그러자 선미도 표정이 밝아지더니 낄낄 웃기 시작했다. 대화 주제 환기에 가십만큼 효과적인 것은 없다. 크리스틴도 귀가 쫑긋하더니 관심 있게 가십을 경청했다.

재순은 겉으로는 웃으며 속으로는 오늘 인터뷰에 대해 생각했다. 그는 닉이 어떻게 정확한 사건 동기에 대해 알고 있는 것인지도 확인해 봐야겠다 생각했다. 닉이 차마 선미에게 공개하기를 꺼려한 그 내막이 무엇일지 궁금했다.

그날 선미의 말을 통해 알게 된 핵심은 이렇다. 닉과 케빈을 괴롭히던 무리가 있었고, 그중에서도 특히 소심한 성격의 닉이 더 심하게 괴롭힘을 당했다. 케빈은 그런 닉을 위해 복수를 결심했고, 그 결과 괴롭히던 무리뿐 아니라 수많은 무고한 학생들까지 총으로 쏘아버린 것이다. 재순은 이 이야기가 과연 말이 되는지를 곰곰이 생각했다. 왜 케빈은 괴롭힘의 주동자들만을 겨냥하지 않고, 아무런 잘못도 없는 학생들까지 공격했을까?

그리고 왜 총을 쏜 사람은 닉이 아니라 케빈이었을까? 혹시 두 형제의 우애가 그런 극단적인 선택까지 가능하게 할 정도로 깊었던 걸까?

Philadelphia

Part 3

총기 사고 피해자 모임

시간은 어느새 목요일 아침이 되어, 재순은 미국 동부로 날아갈 준비를 하였다. 재순은 적당한 숙소와 렌터카를 2박 3일 정도의 여정으로 미리 예약해 두었다. 조사를 마치고 시간이 남는다면 여행을 해볼 작정이었다. 다만 재순이 방문할 뉴 캠프턴이라는 도시는 관광 자원이 없어서 자유여행을 한다 하더라도 딱히 보고자 하는 랜드마크가 없었다. 그래서 그는 여행으로는 필라델피아와 뉴욕을 점찍어두었다.

해성은 혼자 여정을 떠날 재순이 걱정되었지만 본업에 치여 같이 가줄 시간이 없었다. 그는 미안한 마음에 재순에게 백 달러 두 장을 손에 쥐여 주고는 미국이 한국과 같이 안전하지 않다며 꼭 안전에 주의하라고 충고했다. 크리스틴도 무슨 일이 있거나 생길 것 같으면 전화해달라고 당부했다.

공항까지는 크리스틴이 빨간 독일제 오픈카로 배웅해 주었다. 뉴 캠프턴은 크리스틴에게도 들어본 적이 없는 생소한 도시였기 때문에 어디를 방문해야 한다거나 무엇을 먹어야 할지에 대한 조언은 해주지 못하였다. 그녀는 이틀 후 다시 공항에서 마중 나와 주겠다고 인사하고는 재순이 공항 안으로 들어가는 것을 보고는 다시 차 시동을 걸었다. 그녀는 괜히 재순이 걱정되어 마음이 쓰였다.

재순은 침착하게 항공권 발권 진행을 하고 보안 검색대를 무사히 통과하였다. 미국에 며칠 지내며 벌써 적응이 끝난 재순은 첫 미국 여행임에도 이제 많은 부분이 자연스러워졌다. 다만 걱정인 점은 6시까지 켄 나가토모가 알려준 주소로 늦지 않고 도착이 가능할지 여부였다. LA에서 필라델피아까지 날아가서 렌터카를 픽업하여 가는 여정이었기에, 이론상으로는 1~2시간 여유가 있었으나, 초행길이기 때문에 예상치 못한 변수로 인한 지연이 있을 수 있었다.

일단 비행은 지연 없이 무사히 잘 되었다. 미국 국내선의 독특한 점이라면 비행기가 필라델피아 공항에 도착했을 때 사람들이 어떤 공연을 잘 관람한 듯 박수갈채를 보낸 것이다. 재순은 이런 작은 것에 감사하는 모습을 지켜보며, 미국사람들이 의외로 소박하다는 생각이 들었다.

또한 외향적인 사람들이 많은 탓인지, 처음 본 사람들에게 말을 잘 거는 것이 신기했다. 재순의 옆자리에 앉은 여자는 재순이 착석하자, 재순이 커 보인다며 키가 몇인지 물었다. 안타깝게도 재순은 미국식 단위에 익숙지 않아 미터법으로 키를 알려주었다. 여자는 어떤 대화의 장벽을 느낀 듯 입을 뻐끔하더니 더 이상 대화를 이어 나가려는 의지를 보이지 않았다. 그래도 재순으로선 모르는 사람에게 일종의 관심을 받은 것이라 기분이 좋았다.

도착 후 재순은 안내판을 잘 따라가서 렌터카 키도 무사히 입수하였다. 의외의 '복병'은 렌터카의 위치를 직접 찾아야 하는 것이었다. 재순은 지정된 주차장으로 가서 렌터카 업체 직원이 전달해준 서류상에 나와있는 자동차 번호로 대조하여 차를 찾아야 했다. 1차적으로는 주차장의 위치를 찾는 데 어려움을 겪었고, 2차적으로는 주차장에서 차를 찾는 데 어려움을 겪었다. 하지만 마침내 차를 찾고는 운전석에 착석했다. 일단 앉으니 긴장이 가라앉는 느낌이 들었다.

재순은 긴장을 가라앉히고는 시동버튼을 눌렀다. 시동을 걸고 불이 들어온 계기판을 보니 숫자가 영 익숙하지 않았다. 역시 단위가 마일인 탓에 그에게 익숙한 것보다 더 작은 숫자들이 계기판에 쓰여 있었다. 재순은 이런 점도 차차 익숙해질 것이라 생각했다.

내비게이션을 잘 켜고 재순은 인생 첫 미국에서의 로드트립을 시작했다. 딱히 재순이 꿈에 그리던 그런 여유로운 로드트립은 아니었지만 그는 운전대를 잡자 가슴이 설렜다. 그는 미국 라디오를 들으며 미국 동부 풍경을 따라 도로를 달렸다. 외국에서의 첫 운전이기 때문에 살짝 긴장 상태에 있었지만 긴장감도 곧 여행의 설렘으로 전환되었다.

모든 것이 순조롭게 풀려 약속 시간 한 시간 정도를 앞두고 약속 장소에 도착하였다. 재순은 이 여유를 틈타 커피 한잔을 하며 인터뷰 내용으로 무엇을 물어볼지 자신이 공책에 적어 놓은 내용을 복습했다.

켄 나가토모는 여동생 낸시 나가토모를 총기 난사 사건으로 잃었다. 해당 총기 난사 사건은 2004년에 케빈 윌리엄스가 그의 학교에서 일으킨 것과 동일한 사건이다. 그는 해당 사건으로 아끼던 여동생을 잃어 큰 충격에 빠졌다. 그리고 어느 정도 충격에서 회복이 되었을 때부터 총기 사고 피해자 모임을 결성하여 희생자 유가족을 돕는 일종의 봉사활동을 꾸준히 진행하고 있었다.

이 피해자 모임의 창립 멤버 대다수는 케빈 윌리엄스가 일으킨 총기 난사 사건 피해자의 유가족 및 생존자들이었다. 많은 인원은 아니지만 꾸준히 모임에 참석하며 신규 멤버들의 아픔을 위로했다. 동시에 자신의 트라우마에 대한 상담도 받는 등 적극적으로 모임 활동에 임하였다.

다시 켄 나가토모로 주제를 돌려 그의 소셜 미디어 계정에 따르면, 그는 스포츠를 좋아하고 종종 여행도 잘 다니며 친구들과 찍은 사진도 잘 공유하는, 굉장히 사회적으로 활동이 많은 인물이다.

그는 공부를 꽤 잘했는지 펜실베니아 주립 대학교를 졸업했고, 여러 훌륭한 직장을 잘 다니다가 지금은 의외로 일제 자동차 딜러샵에 다니고 있다. 최근 업로드된 사진에 따르면, 최근 승진을 통해 딜러샵 지점장이 된 것 같았다. 켄 나가토모는 여러모로 많은 성공을 이룬 사람으로 보였다.

6시가 되었고 재순은 약속 장소에 도착했다. 6시가 조금 넘어 켄 나가토모로 보이는 남자가 재순을 향해 헐레벌떡 뛰어왔다. 그는 빠르게 통성명하고는 늦어서 미안하다고 사과했다. 지체할 틈 없이 그는 얼른 자신을 쫓아 들어오라고 하고는 바로 앞 건물로 민첩하게 뛰어 들어갔다. 재순도 얼떨결에 뛰어서 켄 나가토모를 쫓아갔다. 재순이 켄 나가토모를 쫓아 들어간 방 안 맨 앞에는 나무 재질의 적갈색 강단이 놓여있었고, 그 앞으로 10명 남짓한 인원이 검정 철제 의자에 앉아서 서로 대화를 나누고 있었다.

켄 나가토모는 바로 강단으로 올라가 늦어서 죄송하다는 사과 인사를 했다. 이런저런 인사말 몇 마디 후에 한국에서 귀한 손님이 오셨다고 얘기하며 재순을 소개했다. 그러고는 재순에 손짓하며 어서 강단으로 올라와 자기 자신을 소개해달라고 얘기했다.

재순은 갑작스러운 요청에 당황하여 어쩔 줄 몰라 했다. 재순이 당황해하는 것을 눈치챈 켄 나가토모는, 아차차 하며, 멤버들이 먼저 인사를 하는 게 맞겠다며 본인을 간단히 소개하고는 다른 멤버들도 하나씩 자리에서 기립하여 본인을 소개할 것을 제안했다. 다들 익숙한 듯 차례대로 강단으로 올라와, 어떤 사람은 길고 자세하게, 어떤 사람은 짧고 굵게 자기소개를 마쳤다. 소개의 내용은 자기 이름은 무엇이며 어떤 사건을 통해 이 모임에 참석하게 되었는지가 주를 이루었다.

재순은 긴장한 탓에 더듬더듬 자신을 소개했다. 그는 일단 미리 준비한 대로 자신은 한국에 있던 어떤 엽총 살인 사건 피해자의 유가족으로, 미국을 여행하던 중 이런 모임이 있는 것을 알게 되어 켄 나가토모에 연락하게 되었다고 얘기했다. 켄 나가토모는 이 그룹에 온 것을 대단히 환영한다고 말하며, 따뜻한 어조로 재순에게 사건에 대한 설명을 해줄 수 있겠냐고 물었다.

재순은 밭에서 일하고 계시던 삼촌이 이웃에게 엽총을 맞아 살해당했다고 설명했다. 그는 이웃이 삼촌을 멧돼지로 착각하여 발포했다는 부연 설명을 잊지 않았다. 하지만 재순은 미리 연습해둔 보람이 별로 없이 막상 실전이 되자 제대로 설명하는 것이 어려웠다. 특히 미리 준비한 문장도 몇몇 까먹는 바람에 써먹지도 못한 점이 크게 아쉬웠다. 켄 나가토모는 한국에서도 그런 일이 있냐며 놀라며 재순에게 유감을 표시했다. 다른 멤버들도 동시에 웅성이며 이구동성으로 그에게 유감을 표시했다.

켄 나가토모는 사건에 대한 세부 사항은 더 묻지 않고는 재순이 사건에 대하여 어떤 감정을 가지고 있는지를 물었다. 심리상담을 받는 느낌이 든 재순은 최대한 자신이 만들어낸 사건에 감정을 이입하며 말할 수 없는 상실감을 표현했다. 그는 어렸을 때 종이학을 접어서 주시던 자상하고 따뜻한 인성, 첫 여자 친구에게 차였을 때 누구보다도 더 열심히 재순을 위로해 주시던 참된 의리, 그리고 재순의 온갖 경조사에 항상 곁에 계셨던 가상의 삼촌을 만들어내어 더 이상 당신이 계시지 않아 신체 일부를 잃은 듯한 공허함을 느끼고 있음을 술술 설명해내었다. 재순은 완전 허구의 이야기를 함에도 마치 실제로 발생했던 일처럼 어느 순간부터 정말 마음이 아프기 시작했다. 이야기를 마칠 즈음에는 정말 놀랍게도 눈에 눈물이 맺혀 있었다. 관객들은 재순의 눈가에 맺힌 눈물을 보고 재순의 이야기에 함께 마음 아파하며 고개를 숙였다.

켄 나가토모는 재순의 강렬한 설명에 큰 울림을 받은 듯, 마른기침을 한번 하고는 재순에게 감사 인사를 하고 자리에 앉아도 된다 얘기했다. 그는 다른 주제로 전환하여 몇 가지 의논 거리를 멤버들에게 제시하고, 어떤 봉사활동을 홍보하고는 자리를 마쳤다.

몇몇의 멤버들이 재순이 한국에서부터 미국으로 이 모임에 참가하기 위해 왔다는 데에 흥미를 느끼고는 계속 말을 걸어왔다. 하지만 재순은 켄 나가토모에게 몇 가지 물어볼 게 있었으므로, 멤버들에게 양해를 구하며 켄 나가토모를 쫓아 나갔다.

건물 바깥으로 나간 켄 나가토모는 담배를 한 대 물고 있었다. 재순은 어떻게 자연스럽게 10년 전 총기 난사 사고에 대해 물어볼 수 있을지 열심히 '짱구'를 굴렸지만 도저히 자연스럽게 물어볼 방법이 없다고 생각하여, 다짜고짜 켄 나가토모에게 혹시 그 사건에 대해 기억하고 있냐고 물었다.

예상치 못한 타이밍에 예상치 못한 질문을 받은 켄 나가토모의 눈이 동그래졌다. 그는 그 사건에 대해 잘 알고 있다고 답하며, 사실 여동생이 그 참사로 희생되었다고 재순에게 설명해 주었다. 그러고는 재순에 왜 이 사건에 대해 궁금해하는지를 되물었다. 그러면서 뭔가 짚이는 게 있는 듯, 미국 전역에 여러 총기 사고 관련 모임이 많은데 뉴 캠프턴으로 오게 되었는지를 함께 질문했다.

재순은 허심탄회하게, 사건에 대한 전말이 너무 궁금한데, 인터넷으로는 온갖 루머와 추측성의 기사들이 난무하여 정확한 사건의 전말을 알 수 없는 점이 너무 답답했기 때문에 여기까지 오게 되었다고 털어놓았다. 켄 나가토모는 재순의 호기심을 이해할 수는 있었으나 그렇다고 언론인도 아닌 일반인이 호기심 때문에 지구 반대편까지 비행기를 날아왔다는 점은 도무지 본인의 상식선으로는 이해하기 어렵다면서 웃으며 말했다.

재순도 눈치껏 한국에는 이런 총기 사고 관련 오프라인 모임이 없는데데, 미국에 여행 온 김에 겸사겸사 찾아오게 된 것이라며 켄 나가토모가 기분이 나쁘지 않도록 잘 설명했다. 다행히도 켄은 재순이 만들어낸 이야기의 허구성에 대한 의심은 하고 있지 않은 것으로 보였다.

얘기하느라 담배를 제대로 피우지 못한 켄은 새로운 담배에 불을 붙이며 그 총기 난사 사건의 어떤 점이 궁금해서 오게 되었는지를 물었다. 재순은 여태까지 조사한 내용을 켄에게 설명하며 이 사건의 동기에 대한 궁금증을 풀고자 한다고 말했다. 켄은 자신이 뿜은 담배연기를 응시하며 대답했다. 그것은 본인도 아직까지도 궁금한 점이라는 켄의 답변에서 깊이를 알 수 없는 허망함이 느껴졌다. 해가 막 떨어진 시간이었고, 어슴푸레한 하늘이 켄의 얼굴에 오묘한 그림자를 지게 했다.

켄은 헤어지기 전에 재순에게 이 사건에 대하여 재순에게 도움이 될 만한 사람을 하나 소개해 주겠다고 말했다. 그의 이름은 짐 피츠로이이며, 총기 난사사건의 생존자 중 한 명이었다. 닉 윌리엄스와의 친분이 꽤 깊은 걸로 알고 있기 때문에 재순에게 도움이 될 만한 얘기를 해 줄 수 있을 것 같다는 게 켄의 생각이었다. 재순은 감사히 연락처를 받았다. 켄은 친절하게도 이 지인에게 미리 귀띔을 해둘 터이니 내일쯤 연락을 해보라고 조언했다.

켄은 또 갈 곳이 있는지, 재순에 악수를 청하며 행운을 빌어주고는 빠른 걸음으로 자리를 떴다. 재순은 인터뷰가 잘 마무리된 것 같아 상쾌한 기분이 들었지만, 동시에 지금 조사 중인 사건이 그저 가볍게 다룰 사건이 아니란 점을 무거운 가슴으로 느꼈다.

재순은 예약해둔 숙소로 가기 위해 렌터카로 다가갔다. 차 문을 여는데 누군가가 크지도 작지도 않은 딱 적당한 크기의 목소리로 재순에게 말을 걸어왔다. 화들짝 놀란 재순의 머릿속에 그 짧은 시간 동안 지난 인생의 파노라마가 확 지나갔다. 가로등이

듬성듬성 켜진 어두워진 골목에서 누군가가 말을 걸지 상상치도 못했기 때문이다.

재순이 뒤를 확 돌자 아까 모임에서 봤던 것 같은 빨간 머리의 여자가 서 있었다. 재순은 모임에서 사람들 하나하나 다 머릿속에 입력할 여유가 없었기 때문에 모든 이름을 기억하고 있지는 않았지만 어떤 얼굴들이 그 모임에 참여하였는지는 대충 기억하고 있었다.

빨간 머리 여자는 자신의 이름이 린지 테일러라고 밝히며 아까 재순과 같이 모임에 참여했다고 말했다. 깜짝 놀라게 하려는 의도는 없었는데, 어쨌든 놀라게 하여 미안하다고 얘기하면서 살짝 미소 지었다. 재순은 아까 이 이름을 들은 기억이 났다. 왠지 익숙한 이름인데 미국 배우나 가수 중에 동명이인이 있는 것이 아닐지 생각했었다. 여자는 자기소개를 하며 아까 모임에서 멤버들에게 공유한 이야기에 감명받았다며, 모국어도 아닌 영어로 잘 설명하는 게 쉽지 않았을 것인데 너무 잘 얘기했다며 재순을 칭찬했다.

재순은 놀란 가슴을 진정시키며 예의 바르게 칭찬에 대한 감사 인사를 했다. 그래도 경계심을 살짝 유지하며 이 사람이 왜 자신에게 말을 거는지 의도를 파악하려 애썼다.

린지 테일러는 그런 의심의 눈초리를 눈치챘는지 바로 본론으로 넘어가 아까 켄 나가토모와 총기 난사 사건에 대해 나눈 얘기를 의도치 않게 엿들었다고 말했다. 그녀는 본인도 그 사건의 생존자라고 자신을 소개했다. 그러면서 더 정확하게는 총기 난사 사건이 벌어졌을 당시에 케빈 윌리엄스와 사귀는 사이였다고 말하며 자신의 정체를 밝혔다.

아차, 그제야 재순은 린지 테일러라는 이름을 어디서 봤는지 기억해 냈다.

린지 테일러

재순과 린지 테일러는 저녁 식사 시간이기도 하고 배가 고팠기 때문에 무언가 먹으며 대화하기 위해 근처 아메리칸 다이너로 자리를 옮겼다. 미국 영화에서 보던 그런 느낌의 건물 외관에 흑백 격자무늬 타일 바닥, 빨간 레트로 다이너 의자와 빨간 앞치마를 두른 중년의 웨이터까지 모두 한 영화의 세트 같았다.

재순은 린지 테일러에게 너무 여행객같이 보이지 않으려고 최대한 익숙한 척 주머니에 손을 꽂고 무심하게 걸었다. 혹시나 하여 눈알 굴리는 소리도 안 들리도록 여기저기 둘러보지 않으려 애썼다.

어두컴컴한 거리에서 가로등의 노란빛을 받으며 걷다, 실내의 형광등 아래로 들어와 본 린지 테일러의 얼굴에는 인터넷으로 자료조사를 하며 봤던 십 대 린지 테일러의 얼굴이 조금 남아있었다. 지금은 다른 사람으로 보일 정도로 얼굴이 갸름해져 있었는데, 재순에게 어릴 적 본 영화의 아역 배우가 다 성장한 것을 본 듯한 이상한 착각이 들었다.

그녀의 예전 모습과 지금 모습의 또 다른 차이점이라면, 지금에 비해 십 대 시절 모습이 좀 더 독기 있고 강한 에너지로 가득해 보였다. 현재의 차분한 그녀의 모습은 약간 의외의 느낌을 주었다. 그녀는 예전 인터뷰 영상과 같은 빨간 머리에 화장기가 없는 얼굴로 재순의 맞은편에 새침한 모습으로 앉아있었다. 재순은 그녀가 지금 무슨 생각을 하고 있는 것인지 파악하려고 애썼다.

재순은 햄버거와 감자튀김을 시켰고 린지 테일러는 샌드위치를 하나 시켰다. 재순은 영화에서 본 것과 같이 커피도 한 잔 주문했다. 웨이트리스는 미리 준비되어 있던 커피잔에 금방 가져온 커피를 따랐다.

재순은 눈치를 보며 린지 테일러가 어떤 이야기를 하고 싶어서 말을 건 것일지 궁금해했다. 둘은 차려진 음식을 먹을 때까지 사건에 대한 이야기는 전혀 하지 않았다. 마치 오랜 펜팔을 만난 것마냥 미국 관광은 어떤지, 음식은 잘 맞는지 등의 시시콜콜한 이야기를 주로 나누었다. 재순은 언제쯤 본론으로 들어가야 할지 마음이 조급해졌다. 다만 린지 테일러가 대화를 나누며 재순이 어떤 사람인지 판별한 후 본론으로 들어가려는 생각인 것 같아 조급해하지 않기로 결심했다.

얼마 지나지 않아 주문한 음식이 나왔다. 재순이 주문한 햄버거는 생각보다 두꺼워 내용물이 잘 떨어질 것 같아 조심스럽게 재순은 한입씩 베어 물었다. 이제서야 마음의 문을 조금 열었는지 린지 테일러는 재순에게 어떠한 경위로 10년 전 총기 난사 사건을 조사 중인 것인지 물었다. 그가 단순히 오락거리로 생각하여 여러 사람들의 아픔을 들추어내려는 것은 아니라는 확실한 판단이 들었는지, 린지 테일러는 슬슬 본론으로 들어가기 시작했다.

두꺼운 햄버거를 꾹꾹 눌러가며 먹는 데 집중하던 재순은 햄버거를 잠시 내려놓고 답변에 최대한 진정성이 느껴지도록 표정 관리에 들어갔다. 재순은 최근 우연한 기회에 이 사건에 대하여 좀 더 깊이 있게 알게 되었고, 총기 난사범인 케빈 윌리엄스가 평소에 친구 및 가족 관계가 좋고 학교생활도 원만하게 했다는 점을 들어, 좀 더 정확하게 사건에 대한 동기를 알게 되면 앞으로 이런 비극적인 일을 예방하는 데 자신의 취재가 도움이 되지 않을까 한다는 내용으로 일장 연설을 했다.

재순은 내심 외국어로 이렇게 설득력 있는 주장을 잘 펼쳤다는 점에 스스로 으쓱해졌다. 하지만 맞은편에 앉아있는 린지는 생각을 알 수 없는 새초롬한 표정을 유지하여 재순의 발언에 감명받았는지 파악할 수 없었다.

그는 이어 LA에서 선미를 알게 된 계기, 선미를 통해 들은 케빈에 대한 이야기 등, 여태 습득한 정보를 모두 그녀에게 털어놓았다. 동시에 혹시 케빈 윌리엄스가 총기 난사를 벌이게 된 동기에 대해, 그의 형인 닉 윌리엄스가 따돌림을 당하던 자신에 대한 복수를 하기 위함이었다는 이론에 동의하는지 물었다.

린지의 답변이 없자 재순은 이 기회를 틈타 햄버거를 또 한입 베 물었다. 생각보다 오래 침묵을 지키고 있자, 너무 말이 많았나 걱정이 된 재순은 린지 테일러에게 무슨 문제라도 있는지 물었다. 슬슬 실언한 게 아닌지 불안해졌기 때문이다.

린지는 고개를 저으며 문제는 없다고 얘기했다. 일단 사건 동기에 대해서는 그간 추측만 난무하는 상황이었기에 케빈과 가장 가까웠던 인물인 닉으로부터 그런 이야기가 나온 것 자체가 상당히 큰 진전인 것 같다고 말했다. 동시에 그 방향으로도 여러 사람들이 추측을 해보았지만, 당위성이 떨어진다는 게 그동안의 중론이었다며 의외라는 반응을 보였다. 그러면서 그녀는 꽤 오랜 기간 동안 이 사건이 자기 자신 때문에 벌어진 것은 아닌지 의심을 지울 수가 없었다고 대답했다. 재순은 커피를 마시다 말고, 왜 그렇게 생각하는지 조심스럽게 물었다.

케빈과 린지는 그들이 15세가 된 해인 9학년 신학기에 처음으로 만났다.

둘은 공부보다는 친구들과 어울리며 노는 걸 더 좋아하는 부류였기 때문에 파티 등의 친목 활동을 하며 종종 마주치곤 했다. 두 청춘은 모두 발랄한 성격으로 학교에서 나름 인기가 있었다. 케빈은 학교 아이스하키부에서 활동하며 아이스하키부원들과 함께 여러 파티에 참석했다. 린지는 외모를 꾸미는 걸 좋아하는 무리와 어울리며 화끈한 파티가 열리는 곳에 항상 같은 친구들과 함께 나타났다.

이렇게만 설명하면 이 둘은 그저 어린 나이부터 왁자지껄하게 향락을 추구하는 날라리로 들리겠지만, 이 무리를 주도하는 인물들과는 파티에 대해서만큼은 성격적으로 가깝지는 않았다. 여느 무리와 같이, 그들이 속해 있던 그룹도 행동대장이 존재했고 케빈과 린지는 행동대장과 그 주변의 인원들에게 항상 설득을 당해 파티에 등장하는, 나름의 내향인이었다. 둘은 평소 활발하면서도 파티에 참여하는 것은 썩 내켜 하지 않는 엉뚱한 구석이 닮아 있었다.

이런 면을 볼 때 사실상 둘은 친구들에게 떠밀려 만나게 되었다고 봐도 무방하다. 케빈은 신학기 초 파티에서 린지를 흘끔흘끔 쳐다보다 아이스하키부원들에게 들켰고, 억지로 등 떠밀려 린지에게 말을 걸었다. 케빈이 슬쩍슬쩍 쳐다보는 것을 린지의 친구들이 보고 린지에게 귀띔하였기 때문에, 린지도 곧 케빈이 자신에게 다가와 말을 걸 것이라 직감했다. 그녀도 케빈의 관심이 싫지는 않았다.

케빈은 실실 웃으며 쭈뼛쭈뼛 린지에게 다가가 인사했다. 등 뒤로 린지 친구들이 숙덕숙덕하는 소리가 들렸다. 케빈은 괜히 얼굴이 붉어졌지만, 어두운 조명과 빨간색 및 파란색 하이라이트 조명 덕에 붉어진 얼굴이 눈에 띄지는 않았다. 린지는 자연스럽게 자리를 살짝 옮기며 그룹으로부터 케빈과 자신을 분리했다.

케빈은 금방 자신감을 찾았고 더 이상 부끄러움을 타지 않았다. 그들의 대화 주제는 평범하기 짝이 없는 시시콜콜한 것들이었다. 시시콜콜한 대화 주제는 서로에 대한 탐색이 주목적이었다. 하지만 둘 사이에 흐르는 미묘하면서도 확실한 긴장감이 이 대화를 흥미롭게 유지시키고 있었다. 그들은 이 설레는 긴장감 사이에서 서로를 알아가기 시작했다.

케빈은 때론 위트 있는 언변으로 린지를 웃게 했고, 린지는 별거 아닌 케빈의 농담에도 민첩히 반응하며 깔깔 웃었다. 그들은 수많은 사람들이 놀고 춤추는 파티에 그 둘만 존재하는 것마냥 서로에게 강렬히 집중하며 시공간을 잊은 채 대화를 이어 나갔다.

케빈과 린지는 이렇게 급속도로 친해지기 시작했다. 지루한 수업 시간에도 어쩌다 눈이 마주치면 서로 배시시 웃었고, 그 순간만큼은 같은 공간에 같이 있다는 사실만으로 지루함은 사라지고 따스한 설렘만이 맴돌았다.

검은 머리 케빈과 빨간 머리 린지는 종종 숙제도 같이하고 과학 실험 파트너로 호흡을 맞추기도 하며 주말에는 동네 쇼핑몰에서 단둘이 만나 함께 시간을 보내기도 했다. 그들은 찬바람 부는 가을의 길목에서 첫 키스를 나누었는데, 심지어 첫 키스 후 '우리 이제부터 1일인 건가?' 식의 맨정신에 낯 뜨거운, 그저 십 대이기에 가능한 대사로 연인 관계를 성립했다.

케빈과 린지의 연애는 꽤 오랜 기간 평탄하게 흘러갔다. 서로에 금방 익숙해진 그들은 10대답지 않게 불필요한 문제나 갈등을 만들지 않았다. 연애에 너무 심취하여 주변을 잊고 살지도 않았다. 그들은 서로 각자의 공간을 존중하며 상당히 어른스러운, 심지어는 어떤 어른보다 더 어른스러운 연애를 했다고 보아도 무방했다. 주변에서 벌어지는 일이 워낙 다양한 십 대 시절이기에, 아직 서로에 모든 걸 쏟을 기회가 주어지지 않았던 걸지도 모르겠다.

남자 고등학교를 졸업한 재순은 하이틴 드라마와 같은 이야기를 그저 넋 놓고 들으며 미국의 자유분방함에 감탄했다. 첫 여자 친구를 대학생 때 사귀어 본 입장으로, 이 고등학생 때의 러브스토리가 상당히 아름답게 들렸으며 심지어 이런 경험이 부럽게 들리기까지 했다. 하지만 그는 빠르게 마음을 고쳐먹었다. 이 청춘 드라마의 끝은 좋지 않음을 스스로 상기시키며 혹여나 헛소리하여 산통 깨는 우를 범하지 않으려고 집중하였다.

린지 테일러는 이야기를 하는 중간중간, 옛 추억에 빠져 슬쩍 묘한 웃음을 짓기도 하였으나 기본적인 대화의 톤은 차가울 정도로 차분했다. 그녀는 어떻게 보면 따뜻하고 편안한 듯한 인상에 다소 대조가 되는 어조가 잘 어우러져 독특한 분위기를 풍기고 있었다. 재순은 더 나아가 린지 테일러의 그런 점이 참 매력적인 것 같다고 생각했다.

린지 테일러는 커피 한 잔을 주문하고는 이야기를 계속 이어나갔다. 그녀는 케빈과의 연애에 관한 이야기는 각설하고 본론으로 들어가고자 했다.

언제부턴가 갑작스럽게 학교에서 닉과 케빈의 엄마, 즉 선미에 대한 도를 넘은 농담이 돌기 시작했다. 아이스하키부원 중 하나인 코디가 케빈의 아이스하키 경기를 관람하러 온 선미를 보고 첫눈에 반해버렸고, 선미가 케빈의 엄마인 것을 모르고 락커룸에서 상스러운 성적 농담을 했다.

농담이 너무 저급하고 추잡하여 역겨웠지만, 그런 역겨움이 오히려 신선하게 느껴졌던 십 대 학생들은 박장대소하며 바닥에 데굴데굴 굴렀다. 다른 아이스하키부원이 눈치를 주며 선미가 케빈의 엄마인 것을 알려줘서 순간적으로 락커룸의 분위기가 얼어붙었으나, 다들 입꼬리를 씰룩이더니 다시 현장은 웃음바다가 되어버렸다.

화가 잔뜩 난 케빈은 더러운 농담을 내뱉은 코디를 두들겨 팰 기세로 위협했다. 아이스하키부원들은 진정하라며 케빈을 뜯어말렸고, 코디는 대충 사과하며 "난 너네 엄마가 저렇게 맛있게 생긴 아시아 미녀인 줄 몰랐어"라는 천박한 망언을 내뱉었다. 현장은 반은 웃느라 정신 못 차리고, 나머지 절반은 싸움을 뜯어말리느라 난장판이 되어버렸다.

그 난장판 사이로 코치가 들어왔고, 무엇 때문에 이런 난리가 났는지를 주장에게 물었다. 주장은 적당한 단어를 머릿속에서 뒤지느라 말을 더듬으며 신빙성 있는 핑곗거리를 대지 못하였다. 그 와중에 분위기 파악 못 한 다른 아이스하키부원이 저급한 표현으로 또 케빈의 엄마를 언급했다.

코치는 별일 아니라는 듯, 케빈의 엄마는 참 아름다운 분이라고 고개를 끄덕이며 동의하고는 경기 전 활력을 불어넣는 연설을 시작했다. 케빈은 갑작스럽게 벌어진 상황에서 어떻게 대응할지 감도 못 잡고 분개했다. 그는 코치가 무슨 말을 하는지는 전혀 귀에 들어오지도 않았고, 방금 벌어진 상황을 곱씹으며 코디에게 어떤 복수를 가해야 할지 생각했다.

케빈의 그날 경기력은 당연하게도 형편없었다. 그래도 케빈은 평소에 잘했던 게 있었기 때문에 코치로부터 적당한 훈계만 받았다. 다른 아이스하키부원들은 아까 상황에 대해서는 전혀 신경을 안 쓰고 있는 분위기였다. 아무도 그 농담에 대해 언급하지 않았고 경기에 대한 이야기를 나누느라 바빴다. 머릿속이 혼란해진 케빈은 아무에게 대꾸도, 인사도 하지 않고 자리를 박차고 나갔다. 케빈을 픽업하러 온 선미는 케빈이 그저 그날 경기가 잘 안 풀려서 기분이 뚱해 있구나 생각하고는 케빈을 건드리지 않았다.

아이스하키 경기 후 케빈은 린지와 만나기로 하였으나, 도무지 누구와도 만나고 싶지 않았다. 린지도 그날 경기 때문이라고 생각하고는 대수롭지 않게 여겨, 무작정 케빈 집 앞으로 찾아갔다. 그녀는 작디작은 돌멩이를 주워 케빈의 창문에 던져 케빈의 관심을 쟁취해내고 케빈이 잠시 집 앞으로 나오도록 유도했다.

케빈은 어쩔 수 없이 집에서 나와 린지와 함께 집 앞 벤치에 앉았다. 린지가 케빈에게 그날 기분이 좋지 않은 이유를 계속 캐묻자, 케빈은 결국 락커룸에서 벌어진 일을 털어놓았다. 린지는 이야기를 잘 경청하고는, 그런 농담에 감정적으로 반응하면 더 상황이 악화되는 걸 잘 알지 않냐고 케빈에게 핀잔을 주었다. 그러면서 동시에 그런 안 좋은 일이 있을 때 항상 그의 곁에 있어주겠다고 말해주었다. 케빈은 린지의 말에 동의하고는 그저 이 악몽이 내일도 벌어지지 않기를 바랐다.

하지만 다음 날 아이스하키부원들은 케빈을 보자마자 선미의 안부를 물으며 하루를 시작했다. 케빈은 다시 분노가 끓어올랐지만 어제 린지가 준 조언을 기억해내며 감정적인 반응을 하지 않고자 노력했다. 그날 케빈은 그렇게 하루를 인내하며 보냈다. 적당히 아무렇지도 않은 척 평소대로 쾌활하게 지내보려 했으나, 모든 노력이 허사였다. 왜 모두가 갑자기 본인을 공격하는지 도무지 이해되지 않았고 인간이 혐오스러워지려고 했다.

하지만 그런 안 좋은 날에도 항상 린지가 훌륭한 아군이 되어주었다. 그녀는 케빈 곁에서 누군가 짓궂은 농담을 하면 거친 욕설을 내뱉으며 케빈을 지켜줬다. 그러면 또 주변에서는 음흉한 소리를 내며 그 둘을 놀리기 시작했다. 케빈은 인기남에서 동네북으로 하루아침에 전락해버렸고, 이 악몽이 끝나기만을 기다렸다.

같은 시기 닉의 사정도 케빈과 다르지 않았다. 소심한 닉이 원래 당하던 작은 괴롭힘은 점점 과격해져 심한 육체적인 괴롭힘으로 번지기까지 했다. 그 당시의 상황은 마침 코디의 농담이 선을 넘어버리면서, 다른 학생들도 선을 넘는 행위에 대해 두 번 생각하지 않고 동참하게 된 것만 같았다. 평소 괴롭힘을 당하던 다른 학생들도 평소보다 심해진 수위의 괴롭힘을 견뎌야 했다.

하지만 닉과 다르게, 케빈의 일상은 얼마 지나지 않아 정상 궤도로 돌아왔다. 케빈은 원래의 좋은 평판과 그간 쌓아놓은 타 학생들의 존중이 있었기 때문에 일상이 복구되는 것은 그리 오랜 시간이 걸리지 않았다.

반대로 평소부터 꾸준히 괴롭힘을 당하던 소극적이고 왜소한 학생들의 삶은 더욱 힘들어졌다. 닉의 경우 학교에서 물건이 사라지는 일이 다반사였다. 학교 복도에서 뒤통수를 얻어맞거나 이유 없이 복부를 걷어차이는 일의 빈도수도 현저하게 증가했다. 닉은 크고 작은 괴롭힘에 별로 내색하지 않았지만, 어느 순간부터 표정이 어두워지기 시작했다. 닉과 어울리던 체스부 친구들도 마찬가지로 심각해진 괴롭힘으로 점차 생명력을 잃은 식물처럼 시들어가기 시작했다.

하지만 이미 학교 사회의 밑바닥을 잠시 경험해본 케빈은 학교 내 괴롭힘이 더 이상 남 일처럼 느껴지지 않았다. 평소 괴롭힘에 대해 크게 내색하지 않던 닉을 걱정하기 시작한 것이다. 가장 큰 문제는 케빈이 인간 혐오에 빠지기 시작한 것인데, 친한 척하며 다가오는 아이스하키부원들이 역겹다는 생각이 들었다.

어느 날 케빈은 아버지 버크에게 학교에서 벌어지는 일에 대하여 이야기했다. 아버지가 걱정할 것을 염려해 실상을 다 이야기하지는 못했지만, 대충 형이 학교에서 괴롭힘을 당하고 있고 이런 점이 마음에 걸린다며 조언을 요청한 것이다. 총기 애호가인 버크는 총기 손질을 하며 케빈의 이야기를 열심히 들어주었다. 다만 더욱 거칠고 폭력적이었던 자신의 학창 시절에 비하면 이 정도는 쉽게 극복할 수 있는 가벼운 시련 정도로 보고 있었다. 그는 케빈에게 너무 걱정하지 말라고 토닥였다. 그리고 지금의 시련은 닉에게 이런 외부적인 도전을 통하여 더 단단해질 기회가 될 것이며, 어떤 방식으로든 이 어려움을 극복하고 나면 닉 자신에게 굉장히 값어치 있는 경험 자산이 될 것이라고 온화하게 설명했다. 케빈은 완전히 받아들인 것은 아니었지만 항상 모든 문제에 해답을 제공하는 버크를 굳게 신뢰했기 때문에, 이 사안에 대하여도 버크가 맞을지도 모른다 생각했다.

케빈은 같은 고민에 대해 린지와도 상담했다. 린지는 버크가 한 말에 공감하며 닉이 맞서 싸울 줄 알아야 한다고 얘기했다. 두 사람의 조언에 힘입은 케빈은 그날 밤 형의 방문을 두드리며 얘기를 좀 할 수 있겠냐고 물었다. 방에서 들어오라는 소리가 들려 케빈은 닉의 방으로 입성했다.

케빈은 닉의 방으로 들어서며 안부를 물었다. 책상 앞에 앉아 책을 읽고 있던 닉은 그럭저럭 지낸다고 대답했다. 케빈은 침대에 걸터앉고는, 착한 동생답게 형의 자존심을 최대한 건드리지 않기 위해 노력하며 운을 뗐다. 일단 그는 자신이 속해있는 아이스하키부의 인원들이 닉에게 힘든 시간을 주고 있는 점에 대하여 먼저 사과를 했다. 닉은 괜찮다며 케빈이 사과할 건 없다고 대답했다. 슬쩍 미소를 짓는 닉의 얼굴에서 씁쓸함이 느껴졌다.

케빈은 그래도 가족으로서 자신이 도울 수 있다면 최대한 돕겠다며 언제든 필요할 때 도움을 약속했다. 그러면서 아이스하키부원들, 걔들도 사람인지라 그렇게 괴롭힐 때 반격도 하고 그러면 형을 쉽게 보지 않을 거라고 조언했다. 닉은 곰곰이 생각하더니, 맞는 말이지만 쉽지는 않은 일이라고 얘기했다. 하지만 또 그런 일이 생기면 그때 가서 한번 생각해보겠다고 하며 초점 없이 눈을 뜨고는 뒤통수를 긁었다.

닉의 방을 나와 자신의 방으로 들어간 케빈은 자기 가족에 행해지는 폭력에 이를 갈며 분해했다. 닉이 자신의 형인 줄 알면서도 그렇게 괴롭혀대는 아이스하키부원들도 더 이상 그대로 둘수 없었다. 케빈은 그동안 형이 당하는 괴롭힘에 대해 별생각이 없다가 자신도 똑같은 일을 경험해 보고 그제야 정의감에 불타는 자기 자신이 실망스러웠다.

이윽고 다음 날 학교에서 사건이 터졌다. 점심시간에 교내 식당에서 환호성이 들렸고 "싸워라! 싸워라!" 하는 소리가 들렸다. 갑작스러운 소란에 깜짝 놀란 케빈과 린지는 함성이 들리는 곳으로 뛰어갔다.

인파를 헤집고 모두의 시선이 집중된 곳을 봤더니 닉이 아이스하키부원 중 가장 덩치가 좋은 브래드에게 깔려 저항도 못 하고 얻어맞고 있었다. 케빈은 본능적으로 튀어 나가 브래드의 정수리를 발로 걷어차버렸다. 그는 곧바로, 고통스러워하는 브래드를 뒤편에서 팔로 목을 감아 제압해버렸다. 케빈은 순간적인 아드레날린 폭발로 인하여 정상적인 사고기능이 마비된 채 브래드를 죽여버릴 기세로 목을 졸랐다. 목이 제대로 졸린 채로 제압당한 브래드의 얼굴이 터질 듯이 빨개졌다. 그는 목에 감긴 케빈의 팔을 뜯어내려고 필사적으로 저항하였다. 그러자 린지를 필두로 주변에서도 싸움을 말리려 한두 명씩 튀어나가 케빈과 브래드를 힘겹게 떨어트려 놓았다. 산소부족으로 기절하기

일보직전에 구조된 브래드는 식탁 아래 깨진 접시 조각들 옆에 누워 캑캑거리며 기침을 해댔다. 선생들은 뒤늦게 나타나 구경꾼들을 해산시키고 싸움꾼들을 교무실로 데려갔다.

교무실로 끌려간 문제아들에게 자신의 행동을 해명할 기회가 주어졌다. 브래드는 자신이 이 상황에 대한 피해자이며 닉을 때린 것은 자신을 보호하기 위함이었음을 강력히 주장했다. 그에 따르면 그저 농담을 던졌을 뿐인데, 닉이 몰래 뒤로 다가와 접시로 머리를 내려쳤다는 것이다. 정당방위라고 하기에는 닉의 얼굴이 엉망이 되어있었고 브래드의 얼굴은 멍 하나 없이 멀쩡했다.

닉은 눈이 퉁퉁 붓고 코피 때문에 코를 솜으로 막아놓은 것 치고는 꽤 늠름하게 서 있었다. 그러고는 당당하게 자신의 어머니에 대해 지속적인 모욕을 들어왔기 때문에 과감한 액션을 취할 수밖에 없었다고 주장했다. 동시에 옆에서 브래드가 코웃음 치는 소리가 들렸다.

선생은 폭력은 절대 정당화될 수 없으며, 징계의 수위는 학부모와 면담 후 결정할 것이라고 못 박으며 일단 교무실 밖 의자에 앉아서 대기하라고 세 학생에게 호통쳤다. 케빈은 이 상황 속에서 고개를 처박고 아무 말도 하지 않고 서 있었다. 브래드는 이 상황에서 케빈에게는 자신이 이성을 놓고 너희 형을 좀 많이 때린 것 같다며 사과했지만, 닉에게는 한번 쓱 쳐다보고는 건성으로 "우린 괜찮은 거지?" 한마디로 모든 걸 무마하고자 했다. 닉은 대인배다운 모습으로 브래드의 화해 요청답지도 않은 화해 요청을 받아들였다. 케빈은 분노에 가득 찬 눈빛으로 정면을 뚫어지듯 응시했다.

그날 저녁 케빈과 닉은 죄인과 같이 식탁에 앉아 조용한 저녁 식사를 했다. 버크는 출장으로 뉴욕에 가 있었기 때문에 선미가 그날 훈육을 담당했다. 싸움에 대한 처벌에 대하여는 상호 간에 큰 처벌을 바라지 않았기에 아무도 고소장 접수하는 일 없이 디텐션(미국 학교의 징벌의 일종) 3달 받는 것으로 징계가 결정되었다.

닉은 퉁퉁 부운 얼굴로 자신은 괜찮다며 그냥 학교 다니다 보면 벌어질 수 있는 일이며, 이런 싸움도 허구한 날 벌어진다며 오히려 선미를 안심시키려고 노력했다. 그러면서 앞으로는 절대 같은 일을 반복하지 않겠다고 약속했다. 케빈은 무뚝뚝하게 앞으로 학교에서 싸우지 않겠다고 말했다.

그동안 닉이 괴롭힘을 당하고 있다는 사실을 선미는 모르고 있었다. 선미가 너무 걱정할 것을 우려하여 버크와 케빈 둘 다 선미에게는 이 사실을 얘기하지 않았었다. 언어맞아 팅팅 부운 얼굴로 태연하게 자신은 괜찮다는 닉을 보고 있자니 선미는 착한 아들들이 어떻게 해서 싸움에 휘말리게 된 것인지 의아해했다. 아이들이 앞으로 학교생활은 잘할 수 있을지 모든 게 걱정되기 시작했다. 식탁에서 분한 얼굴로 앉아있는 케빈이 사건에 대해 복수한답시고 씩씩대는 것을 보고는, 더 큰 싸움에 휘말리지 않도록 다독여야 했다. 그래서 아들들에게 아무리 억울한 상황이 생기더라도 잘 생각하고 현명하게 처신하라고 당부했다.

저녁 식사 후 케빈과 린지는 케빈 집 앞의 벤치 앞에서 만났다. 린지는 케빈의 행동에 전혀 실망을 하지 않았다고 말하며 아들을 위로했다. 그녀는 케빈이 닉을 보호하기 위해 정의로운 일을 실천한 것이라고 생각했다. 린지는 걱정하지 말라며 케빈의 등을 토닥여주었다. 케빈은 조용히 아무 말도 안 하고 있다가 린지에게 어디론가 훌쩍 떠나버리고 싶다고 말했다. 린지도 케빈이 바라보는 허공을 함께 바라보며 어디로 가고 싶은지 물었다. 케빈은 달에서 살고 싶다는 뚱딴지같은 대답을 했다. 저 먼 달에서는 지구에서 일어나는 큰 사건들이 참 작고 보잘것없는 일들로 보이지 않겠냐는 것이었다. 린지는 웃으며 같이 달에 가서 돗자리 깔아놓고 크래커에 치즈 얹어 먹으면 되겠다고 말했다. 케빈은 그날 처음으로 미소 지으며 린지의 말에 동의했다. 린지는 케빈에게 자신도 함께 달에 데리고 갈 건지 물었다.

케빈은 어슴푸레한 밤하늘에 희미하게 두둥실 흘러가는 구름을 보며, "그럼"이라고 대답했다.

이 시기에 린지가 기억하는 케빈은 본인에게 잘해주는 멋진 남자 친구이기도 했으나, 항상 소극적이고 수줍은 형인 닉을 잘 챙기는 의리 있는 동생이기도 했다. 케빈은 종종 파티에도 닉을 데려갔다. 닉이 그런 파티에도 종종 얼굴을 비추어, 허구한 날 책만 읽는 범생이의 이미지를 벗길 원했다. 하지만 야속하게도 원체 수줍음이 많은 닉은 파티에 잠시 머물다 케빈이 한눈을 파는 사이 조용히 집으로 돌아가곤 했다. 닉의 성격상 재미를 붙일 수가 없었던 탓이다. 하지만 그럼에도 케빈은 닉을 계속 파티에 데려갔다. 형이 졸업하기 전에 다양한 친구들을 사귀었으면 하는 바람이었던 것이다. 남들의 눈에는 케빈이 운동과 공부를 잘하는 부류와 어울리는 그런 외적인 면만 부각될지 몰라도, 린지의 눈에는 형을 잘 챙기는 따뜻한 케빈의 심성이 더 매력적으로 다가왔다.

그러던 어느 날, 린지에게 이해할 수 없는 일이 벌어졌다. 케빈과 린지는 평소와 같이 어떤 파티에 놀러갔다. 그 사이에는 어김없이 닉도 끼어 있었다. 그날따라 닉은 평소보다도 더, 파티에 가기 싫어했다. 차라리 집에서 공부를 조금 더 하고 게임이나 하고 싶었다. 그런 닉을 케빈과 린지가 합심하여 설득 후 파티에 데려간 것이다. 역시나 닉은 파티에 오래 있을 생각이 없었다. 파티가 벌어진 곳도 집에서 먼 거리가 아니었기 때문에, 케빈─린지 커플과 다른 학생들 무리에 끼어 놀다가 한 시간도 안 되어 집으로 돌아갔다.

케빈과 린지는 닉이 이미 집에 가버린 줄도 모르고 즐거운 시간을 보내며 잘 놀고 있었다. 닉이 집에 가버렸다고 해서 혼비백산하여 그를 찾으러 다닐 것도 아니었기 때문에 그들은 십 대의 젊음을 만끽하며 파티를 즐겼다. 린지의 기억에 따르면, 이 파티는 시작부터 끝까지 평소와 다름없는 일반적인 파티였다. 누군가의 기억에 남을 만한 대형 사건이 벌어지지도 않았다.

그리고 그날이 린지가 기억하는, 케빈과 함께 참여한 마지막 파티가 되어버렸다. 무슨 이유에서 인지 린지에게 조금의 설명도 없이 케빈은 그다음 날부터 린지를 포함한 모두에게 거리를 두기 시작했다.

사건이 발생한 이후에는 케빈이 총기 난사 계획을 위해 이때부터 마음의 준비를 위해 사람들과 담을 쌓은 것이라고 모두들 믿어 의심치 않았다. 하지만 그날 도대체 무슨 일이 있었기에 하필 그날을 기점으로 모든 게 바뀌었는지 알려진 바가 전혀 없었다.

재순은 이것저것 노트 필기를 하다가 린지에게 두 가지 질문을 하겠다고 했다.

첫 번째로 궁금했던 것은 왜 그동안 아무도 형을 괴롭힌 것에 대한 복수로 케빈이 범행을 저질렀다고 추론해보지 않았는가 하는 점이었다. 린지가 답하기로는, 최초에는 그런 방향으로 사건의 동기를 추론해보려 했지만, 2년 동안 케빈도 형의 괴롭힘을 막기 위해 별다른 큰 조치를 하지 않았던 점, 괴롭힘을 당함에도 항상 씩씩했던 닉의 자세로 인하여 가능성이 낮다고 판단이 들었다는 것이다. 무엇보다도 아무리 형제애가 끈끈했다 하더라도, 학교에서 잘 나가고 미래가 창창하던 케빈이 모든 걸 희생하면서까지 형의 복수를 위하여 뒤가 없는 무자비한 범행을 저질렀겠냐는 점이 가장 납득되지 않았다고 한다. 이 가설은 케빈이 모든 걸 잃은 각오를 하고 저지른 범행에 대한 동기로는 부족하다는 생각이 지배적이었다고 한다.

재순은 또한 린지에게 어떤 이유로 케빈이 린지와 담을 쌓기 시작했는지 짐작되는 이유가 있는지를 물었다. 린지는 두 가지가 짐작된다고 대답했다. 첫 번째로는 마지막 파티에 참여한 날 사소한 작은 다툼이 있었다는 점이다. 다툼의 이유는 부끄럽게도 린지가 제공했다고 한다. 케빈이 너무 일찍 사라진 닉을 걱정하길래 린지가 걱정 좀 그만하라는 핀잔을 주었고, 케빈은 그

핀잔이 언짢았는지 린지에게 불쾌함을 표시했다고 한다. 린지는 파티에 참석한 다른 학생들 앞에서 다투는 모습을 보이고 싶지 않았기 때문에 상황을 잘 무마하고 다시 그 주제에 대해 케빈과 이야기를 나누지는 않았다고 한다.

그녀는 곧바로 이어 두 번째로 추정되는 이유를 공유했다. 파티에서 케빈이 잠시 자리를 비운 사이 술에 취한 아이스하키부의 코디가 린지에게 다가가 또 케빈 어머니에 대한 추잡한 농담을 던지며 유쾌하지 않은 술주정을 했다고 한다. 그녀는 혹시 케빈이 어디선가 그 장면을 목격하고는 어떤 말도 안 되는 오해를 한 게 아닐까 생각도 해봤다고 한다. 하지만 그날 파티가 끝나고 집에 갈 때까지 케빈이 평소와 다르게 기분이 나빠 보이거나 우울해 보이는 등의 특이사항은 전혀 없었다고 한다.

그녀는 이 상황에 대하여 당시에 함께 잘 어울리던 친구들과도 의논해 봤다고 한다. 그들은 케빈이 지난 몇 주간, 더 정확히는 케빈이 아이스하키부원들과 처음으로 갈등을 쌓은 순간부터 조금씩 밝음을 잃어간 것을 이유로 들어, 가장 잘나가는 인기남에서 동네북으로 전락해본 경험 때문에 사람이 망가진 게 아닐까 하는 조심스러운 추측을 했다고 한다.

가장 중요한 것은 그날 이후 나흘 만에 총기 난사 사건이 벌어졌다는 것이다. 케빈은 그날 이후로 방황하기 시작했고, 출석 태도도 불량해져 학교에 점심시간쯤 어슬렁대며 나타났다고 한다. 어떤 연관성이 있는지는 아직 모르겠지만 분명히 마지막 파티와 총기 난사 사건은 어떻게든 연관이 되어 있을 것이라고 린지는 굳게 믿고 있었다.

재순은 케빈의 불량한 출석 태도에 대하여 학교에서 아무도 문제 삼지 않았는지 궁금증을 제기했다. 린지가 사건 이후 들은 이야기에 따르면, 아이스하키부 코치 이외에는 어떤 선생도 케빈의 불량한 출결에 큰 관심을 가지지 않았다고 한다. 그마저도 케빈이 몸이 좋지 않다고 닉이 둘러대준 덕에 별문제 없이 지나간 듯했다. 케빈의 방황은 4일 정도의 짧은 시간 동안 이어졌고, 학교에서 문제를 인지하고 대응할 시간이 있기도 전에 사건이 벌어진 것이다. 또한 케빈은 늦게 학교에 도착하더라도 집에서 출발한 시간은 평소와 같았기 때문에 집에서도 방황에 대해 몰랐다고 한다.

재순은 또한 사건 전 케빈이 린지에게 어떠한 형태로든 전혀 귀띔하지 않았는지 물었다. 린지는 자신이 운이 좋아 어떻게 희생되지 않고 잘 살아있지만 어떻게 2년간 사귀던 여자 친구한테도 한마디 귀띔도 없이 그런 대규모 살인사건을 벌인 것인지 아직도 종종 그 당시 생각을 하면 정신이 아찔하고 눈물이 난다고 말했다. 린지는 목이 메는지 커피잔을 비우더니 옆으로 고개를 확 돌리며 감정을 절제하려 노력했다. 10년 전, 사건 직후 인터뷰에서 왜 그렇게 독기를 품고 화난 인터뷰를 했는지 이해가 되는 대목이었다.

재순은 고개를 푹 숙이고 린지가 평정심을 되찾을 시간을 주었다. 그녀는 긴 시간이 지난 이후에도 아직 평화를 찾지 못한 요동치는 감정 속에서 헤매는 듯했다. 다행히 린지는 생각보다 금방 감정을 다스렸고, 그래도 재순이 사건 동기에 대해 알려준 새로운 정보 덕에 왠지 모르게 마음의 짐을 덜게 되었다고 고마움을 표현했다. 그러고는 시간이 늦은 것 같은데 이제 가봐야 하지 않겠냐고 재순에게 물었다.

재순이 시계를 보니 벌써 시간이 12시가 넘어 있었다. 재순은 내일이 아무리 금요일이라도 린지는 출근은 해야 할 것인데, 자신 때문에 내일이 힘들어질까 봐 염려했다. 린지는 괜찮다며 사실 최근 다니던 직장을 그만두고 한두 달 쉬는 중이라고 말했다. 그러면서 재순이 내일도 뉴 캠프턴에 있을 예정이라면, 관광 자원이 많이 없는 일반적인 중소 도시이긴 하지만, 자신이 관광을 시켜주겠다고 제안했다. 재순은 그 제안을 흔쾌히 받아들이며 린지와 연락처를 공유했다. 재순은 자신의 인터뷰에도 굉장히 적극적으로 응해주고 심지어 관광까지 시켜주겠다는 린지가 굉장히 고마웠다. 고마움의 답례로 그날 저녁 계산은 재순이 했다.

린지는 재순을 그의 렌터카까지 데려다주고 늦은 시간인데 호텔 체크인 잘하길 바란다며 행운을 빌어줬다. 그녀는 내일 보자고 손을 흔들며 연한 향수 냄새를 남기고 뒤돌아 걸어갔다. 재순은 연민인지 무엇인지 알 수 없는 감정이 들어 이마를 긁적이며, 가로등 아래로 걸어가는 린지의 뒷모습을 지켜보았다.

즉흥적 동행

재순은 온갖 정보로 머리가 복잡해 자동차 시동도 걸지 않고 가만히 앉아 눈을 살포시 감았다. 눈을 감자 평온한 안락감이 덮쳐왔다. 그것도 잠시 핸드폰이 요란하게 울려 댔다. 밤새 연락이 없어 걱정됐던 해성의 전화였다.

재순은 해성의 전화를 받으며 차 시동을 걸었고 자신은 이제막 린지 테일러와의 인터뷰를 마치고 호텔로 가는 길이라고 말했다. 그러면서 호텔에 체크인한 후 전화하겠다면서 그때 어떤 이야기를 들었는지 말해주겠다고 했다. 해성은 알았다며 이따 전화하자고 말했다. 송화기 너머로 크리스틴이 무어라 말하는 소리가 들렸다. 아마 운전 조심히 잘하라는 얘기였을 것이다.

밤늦은 시간이지만 체크인은 전혀 문제가 없었다. 재순이 투숙할 숙소는 24시간 리셉션이 있는 비즈니스호텔이었고, 재순은 단정하게 꾸며진 실내에서 밤늦은 시간 체크인을 하고 있자니, 꼭 성공한 비즈니스맨이 된 듯한 느낌이 들었다.

호텔방에 입실한 재순은 해성에게 바로 전화를 걸었다. 한 시가 살짝 넘어가는 시간이었고, 재순은 몸이 천근만근으로 힘들어 자신을 유혹하는 침대에 몸을 맡기고 싶은 생각이 굴뚝같았다. 하지만 자신의 생각을 정리할 겸, 해성과 크리스틴에게 오늘의 소득에 대한 업데이트를 해줘야겠다고 결심하여 간신히 침대의 유혹을 벗어났다.

총기 사고 피해자 모임에서 그룹에 나눈 이야기, 켄 나가토모와 모임이 끝나고 따로 나눈 이야기, 그리고 린지 테일러가 나눈 이야기를 최대한 요약해서 설명을 해주었음에도 꽤 오랜 시간이 걸렸다. 수화기 너머의 해성과 크리스틴은 늦은 시간임에도 재순의 이야기를 굉장히 흥미롭게 들어주었다. 해성은 재순의 뉴 캠프턴 여정이 끝나면 사건의 윤곽이 잡힐지도 모르겠다고 설레발을 쳤다. 해성은 재순이 사건의 진상을 밝히는 작업에 생각보다 진지하게 임하며 빠른 속도를 내고 있는 점이 내심 놀라웠다.

해성과 크리스틴도 잘 시간이 너무 늦었기 때문에 재순은 통화를 마무리 지었다. 전화를 끊고 개운하게 씻은 재순은 마침내 하루를 마무리하며 하얀 구름처럼 폭신해 보이는 침대로 뛰어들었다. 그는 침대에 몸이 닿는 즉시 잠들어 버린 듯, 순식간에 깊은 잠에 빠졌다.

그날 밤 재순은 차에 치여 죽는 꿈을 꾸었다. 차에 치이는 순간 지난 인생이 파노라마처럼 눈앞에 휙 지나가지는 않았다. 거칠게 숨을 몰아쉬다 눈앞이 깜깜해지고 재순의 영혼이 엄청난 속도로 몸을 벗어나 차갑고 텅 빈 우주 공간을 떠돌았다. 그는 몸과 의식이 분리되었음에도 아직도 숨을 헐떡이고 있었다. 주변이 완전히 고요해졌기 때문에 자신의 숨소리가 굉장히 크게 느껴졌다.

얼마 지나지 않아 재순은 새로운 환경에 익숙해졌고 차분하게 우주 공간을 떠돌며 마음의 안식을 얻었다. 자신이 숨을 헐떡이는 소리도 더 이상 재순을 괴롭히지 않았다. 그는 굉장히 평온한 상태가 되어 심지어 자신을 차로 친 사람에 대해 분노하지도 않았다. 그는 자신에게 벌어진 모든 사건에 대해 무관심하게 되었다. 마치 모든 걸 초월한 존재가 된 듯했다. 현재에 대한 불만, 미래에 대한 걱정, 과거에 대한 아쉬움을 벗어나 존재함에 기인하는 문제로부터 해방이 되었다. 그러다 보니 시간에 대하여도 굉장히 무감각해지며 1분이 지난 것인지 영겁의 시간이 지난 것인지 알 수가 없었다. 영겁의 시간이 지났다 하더라도 전혀 아무 상관이 없었다. 재순은 어느 순간부터는 자신이 꿈꾸는 걸 알게 되었지만, 굳이 깨어나지 않아도 좋을 것 같다는 생각이 들었다.

그러다 갑자기 눈앞에 강렬한 빛이 등장하였고 재순은 너무 눈이 부셔 잠에서 깰 수밖에 없었다. 아침 햇살이 커튼 사이로 재순 얼굴에 드리운 것이었다. 재순은 새로운 하루를 맞이하여 시원하게 기지개를 켜고는 천천히 침대에서 벗어났다. 그는 아침 햇살이 쨍쨍하게 드리우는 창가에서 커튼을 걷고 창밖 풍경을 바라보았다. 창밖을 멍하게 바라보던 재순은 지난밤 꿈의 의미는 죽은 자를 동정하지 말라는 의미일까 생각했다. 그는 처음으로 죽은 사람들보다도 살아남은 사람들이 더 큰 사건의 피해자일 수도 있겠다는 생각이 들었다. 죽은 자들은 재순의 꿈과 같이 번뇌에서 해방된 열반의 상태에 이르러 우주를 유랑하고 있을지도 모르지만, 적어도 생존자들 및 유가족들은 평생 트라우마를 가진 채 살아가야 하기 때문이다.

재순은 숙소에서 나와 미국식 아침 식사를 제공하는 식당으로 발길을 옮겼다. 그는 친절하게 인사하는 종업원에게 예의 바르게 인사를 한 후 빈 자리에 앉았다. 빠르게 주문을 마친 재순 앞으로 바삭한 토스트, 미국식 팬케이크, 스크램블드에그 그리고 갓 구운 베이컨이 접시에 담겨 따뜻한 커피와 함께 식탁에 올랐다.

재순은 바삭한 토스트를 한입 물고는 어제 켄 나가토모로부터 받은 연락처에 메시지를 보냈다. 메시지의 내용은 대충 10년 전 발생한 총기 난사 사건에 대하여 개인적인 조사를 하고 있으며 켄 나가토모로부터 연락처를 받아서 연락했고, 간단히 인터뷰하고 싶다는 것이었다. 메시지를 보내고 커피 한 모금 마시자마자 마치 기다렸다는 듯 답장이 왔다. 답장은 오늘 업무를 마치면 대충 저녁 8시쯤 되니 회사가 있는 필라델피아로 오라는 내용이었다.

재순은 차라리 잘 되었다는 생각이 들었다. 어차피 뉴 캠프턴은 너무 볼거리가 없어서 오후 8시간 동안 죽치고 있기가 애매했다. 필라델피아로 일찍 도착하여 주변 관광지도 좀 둘러보고 인터뷰 준비도 하면 되겠다 생각했다. 이번 미국 여행의 우선순위가 여행인지, 아니면 사건조사인지 애매하게 된 상황에서 본래의 목적인 여행도 포기하지 않아도 되니 안심이 되었다. 두 마리의 토끼 중 적어도 한 마리는 잡게 된다는 점이 다행이었다.

즉흥적으로 결정된 필라델피아 여행을 계획하기 위해 지도를 보다 보니 필라델피아에서 뉴욕은 가깝지만 숙소에서부터 뉴욕은 썩 가까운 거리가 아니라는 것을 깨달았다. 재순은 이렇게 중요한 사실을 이제서야 알게 된 것에 대한 허탈함을 느꼈다. 하지만 아무래도 이렇게 근처까지 와서 맨해튼을 못 가보는 건 너무 아쉬웠다. 그는 토요일 아침잠을 포기하고라도 그 유명한 타임스 스퀘어는 꼭 가봐야겠다고 생각했다.

여러 공상에 빠져있던 중 재순은 린지와 만나기로 한 게 막 생각났다. 필라델피아 관광을 이유로 선약 파토를 내버리면 예의가 아닐 거란 생각에 어떻게 해야 할지 고민이 되었다. 그는 이렇게 된 이상 린지에게 같이 필라델피아에 가자고 하는 수밖에 없다고 생각했다. 재순은 메시지로 린지에게 인터뷰가 오늘 오후 8시 필라델피아에서 잡히는 바람에 필라델피아 여행을 당일치기로 가볼까 하는데, 동행을 떠나보겠냐고 제안해 보았다.

재순이 느긋하게 필라델피아 관광지 검색을 하며 아침 식사를 마쳤을 때 린지에게서 답장이 왔다. 그녀는 차라리 뉴 캠프턴보다는 필라델피아 구경을 하는 편이 재순에겐 유익한 시간이 될 것이라며 재순의 결정을 존중해줬다. 그러면서 자신이 동행을 해도 진짜 괜찮겠냐고 물었다. 재순은 혹시 어제 처음 본 여자와 이렇게 갑작스러운 여행을 떠나는 게 불편하지는 않을까 잠시 고민해 보았으나, 이런 것도 젊음의 특권이며 여행의 묘미라 여겨 쿨하게 생각하기로 마음먹었다. 린지는 자기 주소를 알려주고는 일단 준비하는 데 30분 정도가 필요하니 그 이후로 언제든 와서 데려가 달라고 했다.

도대체 린지는 재순의 뭘 보고 낯선 남자와의 여행 동행 제안을 거리낌 없이 받아들인 것인지 모를 일이었으나, 이제 재순의 마음엔 즉흥 여행에 대한 설렘이 꽃을 피우고 있었다. 그는 가벼운 발걸음으로 식당을 나섰다.

형제애의 도시

　재순은 약속된 시간에 맞추어 차를 몰고 린지의 집 앞에 도착했다. 린지는 양손에 커피를 한 잔씩 들고 집 앞에 서 있었다. 재순은 린지에게 잠이 부족했냐고 농담을 던졌다. 린지는 슬쩍 미소를 짓고는 원래 재순을 주려고 한 잔 더 사왔지만 갑자기 너무 피곤해지는 바람에 두 잔 다 자기가 마셔야겠다고 응수했다.

　어제 너무 무거운 주제의 대화로 다소간 분위기가 어색하지 않을까 걱정되었던 재순이 가볍게 농담으로 인사를 대신한 것은 나름의 배려였다. 린지도 농담을 재치 있게 받아주는 덕에 동행은 순조롭게 시작되었다.

　재순의 우려와는 다르게 린지는 대화를 잘 주도하는 편이었다. 활발하게 조잘조잘 잘 떠드는 크리스틴과는 정반대의 분위기로 린지는 침착하고 차분하게 대화를 잘 이끌었다. 그녀의 태도는 침착하고 차분했지만 절대로 소극적이지는 않았다. 그녀는 궁금한 점이 많았던 모양인지 재순에게 현재 어떤 일을 하는지 대학교에서는 무엇을 전공했는지, 여행은 평소에 많이 다니는지, 취미는 무엇인지 등을 질문했다. 재순은 어쩌다 보니 이번에는 자신이 인터뷰를 당하는 처지가 되어 있었다. 재순은 성심성의껏 자신의 답변을 마치고는 린지에게도 린지가 자신에게 물어본 질문을 똑같이 되물었다. 마치 소개팅을 하면서 서로를 알아가는 듯한 느낌이 들었다.

차가 고속도로에 들어서자 린지는 한국에서도 미국 노래를 많이 듣는지 물었다. 재순은 주로 한국 노래를 많이 듣기 때문에 미국 노래는 엄청 유명하지 않은 건 잘 모른다고 했다. 린지는 잘 되었다며 미국 음악을 소개해 주겠다고 했다. 소개할 노래를 찾는 모습이 아주 신나 보였다.

린지가 선곡한 노래가 흘러나왔고, 재순의 렌터카는 시원하게 고속도로를 달렸다. 린지가 튼 노래들은 대부분 재순도 한두 번쯤 들어본 적 있는 노래들이었다. 재순은 그녀의 선곡이 마음에 들었다. 그냥 좋았다기보단 미국적이어서 좋았던 것 같다. 그들은 음악으로 공감대를 형성하며 여러 주제로 이야기꽃을 피웠다.

저 멀리 고층 건물로 이루어진 스카이라인이 보이기 시작하더니 그들은 어느새 필라델피아에 입성했다. 린지는 '필라델피아에 오신 걸 환영합니다'라는 표지판을 보고 재순에게 필라델피아 이름의 어원을 아는지 물어봤다. 재순은 딱히 의미가 있는 이름일 것이라고 전혀 생각해 보지 못했기 때문에 모른다 대답했다.

린지는 필라델피아 도시의 별칭으로 '형제애의 도시'로 불린다고 설명했다. 그녀는 필라델피아라는 단어는 영어가 아니며 그리스어에 기원이 있다고 재순에게 알려주었다. 필라델피아가 형제애의 도시라고 불리는 이유는 고대 그리스어로 '필라'는 사랑이라는 뜻이고, '델피아'는 형제라는 뜻이다.

재순은 이런 잡상식에 흥미를 느끼고는 왜 도시 이름을 형제애라고 지은 것인지도 아는지 물었다. 린지는 잘난 척하기는 싫지만 이 도시에 대해 자신은 모르는 게 없을 정도라고 너스레를 떨며 설명을 시작했다.

영국의 퀘이커 교도인 윌리엄 펜은 17세기 후반에 펜실베이니아 식민지를 설립했다. (혹시 펜실베이니아의 어원이 무엇인지 궁금하다면, 펜실베이니아라는 이름은 그의 성씨인 '펜'과 라틴어로 숲을 의미하는 '실바니아'가 합쳐진 펜의 숲이라는 의미이다.) 윌리엄 펜은 민주주의와 종교의 자유를 중요시하는 인물이었고, 이 식민지 영토를 기반으로 종교 박해를 피해 자유로운 신앙생활을 하기 위한 도시를 세웠다. 그는 여러 문화와 종교들이 평화롭게 공존하기를 바랐으며 다 같이 형제애를 실천하기를 원하는 마음에 도시를 형제애의 도시, 필라델피아라고 명명한 것이다.

필라델피아는 미국의 초대 수도로, 미국 독립선언서가 체결되고 헌법 기틀이 마련되는 등 역사적으로 아주 굵직한 사건들이 벌어진 곳이라며 미국인이라면 한 번쯤 와보면 참 좋은 곳이라고 린지는 설명했다.

예상치 못한 훌륭한 강의를 들은 재순은 감탄하며 정말 좋은 여행 가이드가 있어서 참 다행이라고 린지의 박학함을 칭찬했다. 린지는 아버지의 고향이라고 했다. 그래서 종종 필라델피아 방문할 때마다 귀가 떨어질 때까지 역사 강의를 들은 덕분이라며 겸손한 태도를 취했다. 재순의 아버지도 무엇인가에 꽂히면 관심 주제에 대하여 끊임없이 이야기를 늘어놓는 편이라, 재순은 전 세계 아버지들은 역시 똑같구나 생각하며 웃었다.

이윽고 그들은 시내에 도착하여 시내 주차장에 차를 대놓았다. 린지는 재순에게 혹시 배가 고프지 않냐고 물었다. 점심시간이 지나 있었기 때문에 출출해진 그들은 점심을 먹기로 했다. 점심 메뉴는 린지가 결정해주었다. 그녀는 필라델피아에 오면 필리 치즈 스테이크 샌드위치를 먹어보아야 한다고 강력히 추천하였기 때문에 재순은 이의 없이 린지를 따랐다.

그들은 린지가 데려간 식당에 착석하여 필리 치즈 스테이크 샌드위치를 주문하였다. 샌드위치를 기다리며 린지는 물었다.

오늘 만나서 인터뷰 진행할 사람은 누구인지를. 재순은 켄 나가토모의 지인으로 소개받은 사람이고 이름은 짐 피츠로이라고 알려줬다. 그는 린지에게 혹시 아는 이름인지 물었다. 린지는 아는 이름이라며 닉의 친구였던 걸로 기억한다고 대답해주었다.

재순은 잠시 뜸 들이고는, 이런 질문을 해도 괜찮은지 모르겠지만, 그 사건 당일 총기 난사 사고 현장을 경험한 사람으로서 그 상황이 어땠는지 말해줄 수 있는지 물었다. 린지는 그 당시 학교 운동장에 친구들이랑 어슬렁대고 있었으므로 현장과는 좀 떨어진 곳이었기 때문에 총성과 사람들이 비명을 지르는 소리에 겁먹고 정신없이 도망친 기억밖에 없다고 한다. 그래도 자신은 다행히 선혈이 낭자한 광경은 보지 못하여 정신적인 충격은 덜한 편이라고 했다.

그러면서 린지는 재순이 왜 이 사건에 호기심을 가지고 취재를 시작했는지를 물었다. 동기가 불분명한 끔찍한 사건이라면 이 사건 말고도 많지 않느냐는 뉘앙스가 내포된 것 같았다.

솔직한 답변이라면 아무 특별한 일 없는 백수 생활 중에 뭐라도 해야 한다는 처절한 절박감이 들어서 여행기 작성을 위해 미국에 놀러 왔다가, 동기가 불분명한 총기 난사 사건을 조사하여 그 오리무중의 동기를 밝혀내고는, 자극적인 내용을 블로그에 집필하여 유명세를 얻어 보잘것없는 하류인생을 탈출하고자

함이 되겠으나, 재순은 지금 그렇게 솔직할 필요는 없다고 느꼈다. 대신에 그는 한국계 미국인이 범인인 사건이기 때문에 진상을 파악해보고 싶다는 생각이 들었다고 설명했다. 그리고 혹시 재순이 이렇게 아픈 곳을 들쑤시고 다니는 게 기분이 나쁜지 조심스럽게 물어보았다.

린지는 전혀 기분 나쁜 건 없다고 대답했다. 그 대답은 진심인 것 같았다. 린지는 만약에 100명이 자신에게 다가와서 사건에 대해 진지하게 물어본다면 100명 모두에게 성심성의껏 대답해 줄 거라고 했다. 그녀는 이 사건이 자신에게 큰 트라우마를 남겼고 자신이 아직도 그 사건으로부터 100% 회복했는지는 모르겠지만, 자신의 관점이 더 많은 사람에게 전달되면, 총기 난사를 벌이려는 사람도 여러 번 다시 생각하는 효과가 있을 것이라고 했다. 그런 의미에서 그녀는 재순이 미국까지 날아와서 총기 사고 피해자 모임도 경험해 보고 그의 이야기까지 여러 사람과 공유한 것이 참 멋있게 느껴졌다고 얘기했다.

재순은 순간 뜨끔했다. 예상치 못한 타이밍에 멋지다는 칭찬을 들은 건 좋았지만, 자신을 멋지다고 생각한 이유가 자신의 거짓말 때문이라고 하니 괜히 죄책감이 들었다.

재순은 어제 그 모임이 끝난 이후로 자신이 내뱉은 거짓말의 무게에 대해서 조금도 생각해 본 적이 없었다. 그는 자신의 경솔함에 대해 반성했다. 하지만 지금 진실을 실토하면 좋은 분위기는 박살이 날 것이며, 필라델피아까지 놀러 온 상황에서 그녀를 당장 집에 다시 데려다주어야 할 수도 있었기에, 일단은 린지의 칭찬에 고맙다고 대답했다. 재순은 아주 겁쟁이 같은 자기 자신에 큰 실망감이 들었다.

주문한 필리 치즈 스테이크 샌드위치가 재순과 린지의 식탁에 도착했고 재순은 한입 크게 베어 먹었다. 린지는 재순을 보며 맛이 어떤지 물었다. 재순은 너무 크게 물었기 때문에 대답이 곤란하여 눈을 크게 뜨고는 엄지손가락을 치켜세워 맛있다고 했다. 린지는 재순의 대답에 만족한 듯 웃으며 식사를 시작했다.

식사를 마치고 그들은 도시의 관광지를 돌아다녔다. 재순은 이따금 무언가 재순에게 설명하는 린지의 얼굴을 홀린 듯이 빤히 바라보았다. 린지도 그게 싫지 않은 듯, 수줍은 듯이 웃었다. 그러면서 자신의 지적인 모습에 반한 남자가 한둘이 아니라며, 재순도 자신에게 너무 빠지지 말라고 말했다. 재순은 린지의 당돌한 조언에 웃으며, 최선을 다해보겠다고 대답했다.

의외의 장소와 타이밍에 어떤 설명하기 힘든 아름다운 감정이 그들에게서 싹트고 있었다.

무시할 수 없는 신호

그들은 필라델피아가 제공하는 도시의 매력을 즐기며 여러 주제에 대한 이야기를 나눴다. 재순은 종종 바보 같은 짓을 하며 린지에게 웃음을 선사했다. 재순은 린지와 할 이야기도 다양하고 유머 감각도 잘 통해 굉장히 즐거운 시간을 보냈다.

시간은 또 어찌어찌 흘러, 짐 피츠로이와 만날 시간이 다가왔다. 재순은 린지도 인터뷰에 함께하고 싶은지 물어봤다. 린지는 재순과 짐 피츠로이만 괜찮다면 자신도 참여하고 싶다고 말했다. 린지는 도통 어떤 제안이든 거절하는 법이 없는 사람 같았다. 재순은 간단히 짐 피츠로이에게 메시지를 보내 인원 하나가 더 있어도 상관없는지 물었고, 짐 피츠로이는 또다시 엄청난 반응 속도로 전혀 상관없다고 답장을 주었다.

린지는 재순에게 어떤 질문을 할 것인지 준비해 놓은 게 있는지 물었다. 그는 자신의 공책을 꺼내서 대충 어떤 질문을 할지는 준비해 놨지만, 어떤 대답을 듣게 될지 전혀 예상이 안 되어 완전한 준비가 되어있지는 않다고 말했다.

마침내 약속 시간인 8시가 되었고 그들은 약속 장소인 인도 음식점에서 만났다. 입구가 화려하여 고급 음식점 같아 보였다. 짐 피츠로이는 정장 차림으로 나타나 전문적인 인상을 주었다. 그는 자신이 업무로 너무 바빠서 저녁 식사를 하며 인터뷰해야 하는 점에 대해 사과했다. 재순은 괜찮다며 격식을 갖춘 공식적인 인터뷰도 아니기 때문에 너무 신경 쓰지 않아도 된다고 말했다.

자신감 넘치지만 정중하게 인사를 한 짐 피츠로이의 시선이 린지에게 이르렀다. 그는 린지에게 혹시 고등학교 때 케빈 윌리엄스와 사귀지 않았었냐고 대뜸 물어봤다. 린지는 맞다고 하며, 학교와 케빈네 집에서 몇 번 마주친 적 있다고 대답했다. 둘은 서로 굉장히 오랜만이라며 어색한 재회를 마치고는, 배가 고프니 빨리 안으로 들어가자고 했다.

그들은 웨이터의 안내를 받아 자리에 앉아 음료를 먼저 주문했다. 짐 피츠로이는 굉장히 흥미롭다는 듯 재순과 린지를 번갈아 보았다. 그러고는 둘은 어떻게 아는 사이인지 물어보았다. 재순은 이미 켄 나가토모를 통해 들었겠지만, 현재 10년 전 발생한 총기 난사 사건에 대한 법인의 사건 동기를 조사 중이며, 옆의 린지도 자신을 도와주고 있다고 말했다. 짐 피츠로이는 고개를 린지 쪽으로 돌려, 알 수 있는 정보는 다 공개된 상황에서 추가로 어떤 정보를 찾아내길 희망하는 거냐며, 그래서 이 코리안 셜록 홈즈를 돕는 것인지 물었다. 살짝 무례한 언행에 재순은 불쾌했지만 아무 말 하지 않고 린지가 어떻게 대답할지 지켜보았다.

린지는 언제나와 같이 침착하게 질문에 대응했다. 그녀는 고등학교 때 사귀던 전 남자 친구가 저지른 끔찍한 사건에 대한 범행 동기가 마침내 밝혀질 것 같다는 희망이 생겨서 재순을 따라왔다고 했다. 짐 피츠로이로부터 그 동기를 밝히는 게 왜 중요한지 후속 질문을 받자, 린지는 그 동기를 알아야 마음이 좀 더 편해질 것 같다고 대답했다.

재순은 이 당황스러운 분위기 속에서 짐 피츠로이가 왜 이렇게 알 수 없는 신경전을 벌이는지 나름 이해하려고 애썼다. 마치 재순의 궁금증을 해결해주려는 듯, 짐 피츠로이는 웨이터가 막 가지고 온 음료수를 꿀꺽꿀꺽 마시고는 자신의 이야기를 시작했다.

지금의 자신감 넘치는 태도의 짐 피츠로이와는 다르게 그는 고등학생 시절 지독한 괴롭힘의 피해자 중 하나였다. 먹이 사슬의 최하위로 그를 만만하게 보지 않는 사람이 아무도 없었다. 덩치가 좋은 운동부 학생들은 그를 복도에서 마주치면 그가 보이지도 않는 듯, 항상 어깨로 밀쳐버리기 일쑤였다. 그 당시 왜소했던 그는 매번 힘없이 벽에 부딪히고는 바닥에 주저앉았다. 그런 모습이 재미있는지 지나가는 다른 학생들은 바닥에 주저앉은 짐 피츠로이를 비웃었다.

육체적인 괴롭힘보다도 정신적인 괴롭힘이 더 파괴적이었다. 여학생들은 그가 옆에 지나갈 때마다 역겹다는 듯이 그를 피했다. 혹여 그와 눈이 마주칠 때면 온갖 인상을 쓰거나 심지어는 욕지거리를 뱉으며 쳐다보지 말라고 소리쳤다. 이런 일은 매일같이 발생했다. 그들이 뱉는 욕지거리를 보면, 짐이 남자를 좋아한다는 소문과 관련된 것이 많았다. 누가 시작했는지, 혹은 사실에 기반한 것인지는 모르겠지만, 언젠가부터 그 무리의 여학생들은 그런 뜬소문에 기반하여 짐을 '호모 새끼'라고 부르며 온갖 증오와 멸시를 내뱉었다.

언젠가 짐은 그녀들의 조롱에 맞서, 그녀들의 아버지들도 아직 커밍아웃하지 않은 '호모 새끼'일지 모른다며 아버지 간수 잘하라고 응수했다가 뼈도 못 추리고 얻어맞았다. 루머의 사실 여부와 상관없이, 그는 그 사건을 교훈 삼아 더 이상 반항하지 않기로 했다.

그런 그에게도 친구가 있었는데, 닉 윌리엄스를 포함한 체스 부원들이었다. 그들은 그가 의지할 수 있는 몇 안 되는 친구들이었다. 체스부원들은 사채 업자에 쫓기는 빚쟁이마냥 운동부원들과 마주치지 않기 위해 최선을 다했다. 그들에게 고등학교의 시간이란 바퀴벌레와도 같은 삶을 산 아주 기구한 시절이었다.

그가 린지를 보고 기싸움을 벌인 이유도 이에 기인한다. 린지가 그를 괴롭혔는지에 대해서는 사실 그도 확신할 수 없고 정확히 기억나지도 않는다. 다만 린지가 어울리던 여학생 무리가 그에게 못되게 굴었던 것은 기억에 강렬하게 남아있었다. 너무나도 많은 사람들이 그를 괴롭히는 데 동참했기 때문에 그는 체스부원들 아니면 모두 자신에 대한 억압자로 간주해버렸다.

린지는 짐이나 다른 피해 학생들에게 가해진 괴롭힘에 직접적으로 가담한 적은 없었지만, 딱히 가해자들을 말리려고 한 적도 없었기 때문에 짐 피츠로이의 행동이 영 비합리적이라고 할 수만은 없다.

피츠로이와 친구들은 그래도 나름 학교에서 수재들이었으므로 공부는 다들 하나같이 잘했다. 그들은 빨리 시간이 흘러 대학교에 가서 그들과 같은 레벨의 똑똑한 학생들과 학업을 성취하는 꿈을 꾸었다. 세상의 모든 신들에게 이 끔찍한 고등학교 시절을 빨리 끝나게 해달라는 소원을 빌었다.

그러던 어느 날 해방은 예상치 못한 곳에서 찾아왔다. 누군가가 복면을 쓴 채 총을 들고 학교에 나타나 억압자들을 쏴버린 것이다. 복면을 쓴 영웅의 정체는 억압자들 중 하나였던 케빈 윌리엄스로 밝혀졌지만, 그의 과거는 중요한 게 아니었다. 자신과 친구들을 목 조르던 수많은 억압자를 심판해버린 케빈 윌리엄스는 짐 피츠로이에게 구원자와도 같은 존재가 되었다. 사건 후 동네는 침통한 분위기였지만 짐은 해방감을 만끽하며 행복을 누렸다.

짐은 온갖 방송사에서 이 사건을 다루며 무고한 학생들이 희생되었다는 내용을 티브이로 봤을 때는 기분이 몹시 상했다. 아직 진정한 정의는 이루어지지 않았다는 생각에 조금 낙담했다. 그래서 그는 케빈 윌리엄스의 숭고한 정신을 잇기 위하여 많은 방송사들에 희생자들 중에 평소 행실이 좋지 않던 불량 학생들이 섞여 있었다는 내용의 글을 투고했다. 투고서에는 해당 불량 학생들의 실명이 거론되어 있었다. 무기명으로 제출된 자료에는 이전에 그들이 한 상점 주인을 폭행했던 사건의 신문기사도 담겨 있었다. 놀랍게도 실제로 그 내용을 보도한 방송사가 있었고, 짐은 다시 한번 짜릿한 승리의 기쁨을 맛보았다.

한 가지 웃긴 점은 짐도 총기 난사 사건의 피해자라는 사실이다. 그는 사건 당일 교내 식당에서 급식을 받기 위해 어슬렁대다가 총기 난사범을 피해 도망가던 인파에 치여 바닥에 주저앉았고, 물소 떼 같은 인파에 이리 밟히고 저리 밟혀 팔다리와 갈

비뼈가 부러지는 큰 부상을 당했다. 부상 정도가 심각했기 때문에 그는 바로 그 자리에서 정신을 잃고 쓰러졌다. 그럼에도 그에게는 그 사건이 자신의 인생을 좋은 쪽으로 180도 전환시킨 의로운 사건이라는 것이다.

그는 병원에서 정신을 차렸고 나중에 방문한 형사들에게 교내 식당에서 정신을 잃고 누워있을 때 모든 인파가 빠져나간 이후 복면을 쓰지 않은 채 두리번대던 케빈 윌리엄스를 보았다고 증언했다. 이미 정신을 잃고 누워있었을 상황이지만 그 장면만은 뚜렷하게 기억에 남아있었다고 한다.

재순은 켄 나가토모의 의도가 의심되었다. 짐 피츠로이는 총기 난사 사건의 범인을 의인이라고 칭송하는 사람이었다. 너무나도 황당한 상황에 재순은 점점 열받기 시작했다. 그래도 그는 짐 피츠로이를 이해하려고 애썼다. 원래는 멀쩡했는데, 학창 시절에 자신을 괴롭히던 무리의 한 사람이 예상치 못하게 이 자리에 나타나는 바람에 이성의 끈을 잠시 놓은 것일지도 모른다고 생각했다.

이런 재순의 노력을 알기는 하는지 짐은 발언의 수위를 높여 갔다. 갑자기 민감한 주제의 발언을 하려는지 고개를 살짝 숙이고는, 얼굴을 재순의 얼굴 바로 앞에 내밀며 목소리를 낮추었다. 그러고는 그 학교에는 죽어도 싼 나쁜 놈들이 정말 많았다고 속삭이듯 말했다. 왠지 린지를 겨냥한 말인 것 같아 재순은 소름이 돋았다.

그리고 짐은 이번에는 린지를 쳐다보며, 린지가 알고 있는지는 모르겠지만, 그 아이스하키부원들이 닉의 엄마를 겁탈했다고 얘기했다. 재순과 린지 모두 놀라 앉은 자리에서 갑작스레 언어맞은 표정으로 몸이 굳어버렸다. 피츠로이는 린지의 반응을 의외라고 생각하는 눈치였다. 그는 그 아이스하키부원들, 그리고 그들과 어울리기를 좋아하는 여학생 무리라면 다 그 사실을 공유하고 있는 줄 알았다고 한다. 그러면서 알면서 모르는 척하지 말라고 린지를 몰아세웠다. 이 정보는 그 더러운 겁탈자 무리와 닉, 고인이 된 케빈 그리고 자신만이 알고 있는 귀한 정보라고 재순을 바라보며 과장된 표정으로 슬쩍 윙크했다.

린지는 손을 부들부들 떨고 있었다. 그러면서 자신은 전혀 몰랐다고, 그런 일이 언제 벌어졌냐고 물었다. 피츠로이는 린지의 반응을 보고는 그녀가 정말로 몰랐다는 걸 믿는 것 같았다. 그러면서 총기 난사 사건 전에 있었던 큰 파티가 기억나냐고 물었다. 물론 그는 그 파티에 초대받지는 않아 가보지는 못했지만 린지가 그 파티에 갔던 건 기정 사실로 생각하고 있었다.

린지는 짐 피츠로이가 어떤 파티에 대해 말하는지 단번에 알아차렸다. 그녀는 그 파티에서 케빈이 화장실에 가느라 자리 비운 사이에 코디가 술에 취한 채로 자신에게 다가와 '케빈네 엄마, 생긴 것만큼 진짜로 맛있더라.'라고 말했던 게 기억이 났다. 그녀는 이제서야 그가 그저 농담한 게 아니란 걸 깨달았다. 그리고 왜 케빈이 그날을 기점으로 반사회적인 은둔자가 되었는지 정확히 이해할 수 있었다.

린지는 곧 눈물이 터질 듯한 표정으로 재순을 바라보며, 케빈이 자신이 그 더러운 범죄에 가담했다고 오해한 것 같다고 말했다. 그러고는 화장실을 가야겠다고 조용히 말하고는 의자를 뒤로 쭉 밀고는 빠른 걸음으로 밖으로 나가버렸다.

짐 피츠로이는 조금의 배려도 없이 시종일관 무례한 말투로 자리의 분위기를 불쾌하게 만들었으나, 재순의 입장에서는 엄청난 정보를 제공한 황금 거위와 같았다. 피츠로이는 재순에게 똑같은 얘기를 반복하며 이 정보를 아는 사람은 자기 자신, 닉, 케빈, 이미 케빈이 쏴 죽인 놈들 그리고 그 범죄자들과 친분으로 얽혀 있는 다른 의미의 가담자들밖에 없다며, 바로 이게 언론에 알려지지 않은 사건의 진짜 동기라고 밝혔다.

린지가 자리를 비우자 피츠로이는 어느 정도 진정이 된 듯했다. 그는 재순에게 원래 이런 정보를 제공할 생각이 없었지만, 오늘 예상치 못하게 린지를 보고는 필요 이상으로 흥분하는 바람에 얼떨결에 한 이야기니까 어디에도 발설하지 말라고 주의를 주었다. 혹시나 언론에 이 이야기를 투고하지 않은 이유가 궁금하다면, 그건 닉이 자기 어머니의 명예를 위해서 절대 아무에게도 말하지 말라고 신신당부했기 때문이라고, 물어보지도 않은 질문에 대해 답변했다.

조금 전보다 한층 더 차분해진 피츠로이는 쓸데없는 말을 너무 많이 한 걸 후회했다. 그들이 너무 열띤 대화를 나누고 있던 탓에 근처에서 어물쩍대며 쉽게 다가오지 못했던 종업원이 이제서야 등장하여 식사를 주문할 준비가 되었는지 상냥하게 물었다.

짐은 미소를 띤 얼굴로 옆에 종업원을 세워놓고 메뉴판을 확확 넘기다가 가식적인 말투로 하이데라바드 비리야니를 한 접시 주문했다. 재순은 린지가 꽤 오랫동안 테이블로 돌아오지 않자 종업원에게 짐이 먹는 걸로 똑같이 달라고 하고는 린지를 찾으러 밖으로 나갔다.

린지는 멀지 않은 곳에 우두커니 서서 생각에 잠긴 표정을 짓고 있었다. 재순은 조심스럽게 다가가서 린지에게 괜찮은지 물었다.

린지는 괜찮다고 말했다. 그러면서 자기는 남을 괴롭힌 적도 없고 남에게 피해를 주며 산다고 생각지도 않았는데, 자신에 대해 누군가가 이렇게 악감정을 품고 있는 줄은 꿈에도 몰랐다고 얘기했다.

그녀는 꽤 오랫동안 심리치료를 받으며 케빈이 총기 난사 사건을 벌인 것은 자기 때문이 아니라는 걸 온전히 받아들이려고 많은 노력을 해왔다고 한다. 그리고 그 점에 대해서는 극복했지만, 오늘 얘기를 들으니, 케빈은 자신이 어떤 식으로든 그 일에 관계가 되어있다고 생각했을 것 같다며 탄식했다.

재순은 린지 옆에 서서, 린지를 지긋이 바라보며 속단하지 말라고 말해주었다. 재순은 린지가 좋은 사람인 것 같다고 말하며 그건 케빈 또한 누구보다도 더 잘 알고 있었을 거라고 했다. 그리고 괜히 린지를 여기까지 데려오는 바람에 이런 유쾌하지 않은 자리를 만들어 미안하다고 했다.

린지는 오히려 재순 덕에 참 흥미로운 하루를 보내고 있다고 말하고는 옆에 그저 따뜻하게 서 있는 재순의 품에 쏙 들어왔다. 재순도 그런 린지를 아무 말 없이 안아주었다.

너무 오래 자리를 비웠다 생각한 그들은 서둘러 식당으로 돌아왔다. 아까 주문한 음식이 막 테이블에 도착한 모양이었다. 짐 피츠로이는 그들이 안 오길래 먼저 식사를 시작했다고 새침하게 말하고는 먼저 식사를 시작해서 미안하지는 않다고 했다.

린지는 착석하자마자 짐에게 지난 일에 대해 사과했다. 또한 그녀가 직접 개입되어 있었든 없었든 간에 그녀의 친구들이 짐에게 못되게 굴었을 때 그저 옆에 서서 아무것도 하지 않았던 것은 겁쟁이 같은 비겁한 행동이었음을 인정했다. 그녀는 그 당시 그녀의 친구들이 하수구같이 더럽고 천박한 말씨로 그를 힘들게 한 것을 기억했다. 폭력의 현장에서 아무 행동을 취하지 않은 것은, 그런 행동을 통해 자기 자신도 피해자로 전락해버리지 않을까 하는 불안함으로부터 기인했다.

짐은 바로 대답하지는 않았지만, 린지의 사과가 만족스러운 듯했다. 그러고는 지나간 일을 뭐 어쩔 수 있겠냐며 말을 얼버무렸다. 그는 지나가는 종업원을 불러 린지가 빨리 음식을 주문할 수 있도록 도왔다.

재순은 종업원에게 접시를 하나 더 달라고 하고는 자신의 음식을 린지와 나누었다. 그리고 린지가 뒤늦게 시킨 음식도 함께 나누어 먹었다.

식사 중 짐은 귀중한 정보를 하나 더 제공했다. 닉 윌리엄스가 어머니인 선미를 방문하는 목적으로 현재 LA에 있다는 것이다. 다만 오래 있지는 않고 일요일에는 다시 돌아가는 걸로 알고 있다고 했다. 이미 사건 동기에 대한 궁금증은 해소되었겠지만, 그래도 궁금한 점이 남아있으면 이 기회에 닉에게 물어보라고도 덧붙였다.

식사가 끝난 후 재순은 모쪼록 귀중한 정보를 공유해줘서 고맙다 인사하고 계산은 자기가 하겠다고 하며 지갑을 꺼냈다. 어쩌다 보니 어제에 이어 오늘도 정보 값으로 저녁값을 통 크게 지출하게 되었다. 짐 피츠로이는 잘 먹었다며 재순에게 악수를 청하고 미국 여행 잘하고 돌아가기를 바란다고 덕담하였다.

재순과 린지는 이제 볼일이 다 끝났으니 시간이 너무 늦기 전에 뉴 캠프턴으로 돌아가는 길을 재촉했다. 피곤해서인지 생각이 많아서인지 뉴 캠프턴으로 돌아가는 차 안은 조용했다. 린지는 생각에 빠진 채로 창밖을 보고 있었고, 재순도 생각에 잠긴 채로 운전에 몰두했다.

30분 정도의 정적을 먼저 깬 건 재순이었다. 정신도 차릴 겸 음악을 틀어도 되냐고 묻기 위해 정적을 깬 것이다. 린지는 재순에게 어떤 음악이 듣고 싶은지 물었다. 그러면서 재순이 좋아하는 한국 노래를 알려달라고 했다. 재순은 썩 본인 취향은 아니지만, 그래도 케이팝 역사에 한 획을 그은 굵직한 명곡들을 추천했다.

린지는 박자를 타며 노래를 감상했다. 그러면서 중간중간 재순에게 노래 가사를 해석해달라고 요청했다. 댄스음악이 늘 그렇듯 그다지 심도 있는 깊은 의미는 없는 가사라 해석하기가 민망했지만, 린지는 싱글싱글 웃으며 흥미로워했다.

그러다가 대화는 또 급물살을 탔고 지난 연애에 대한 이야기, 인간관계 이야기 등 점점 깊이 있는 대화를 나누며 어느새 뉴 캠프턴에 도착했다. 그들은 12시가 조금 넘은 시간이 되어 린지의 집 앞에 도착했다. 재순은 같이 차에서 내려 덕분에 너무 좋은 시간을 보냈다고 말했다. 린지도 똑같이 너무 즐거운 시간을 보냈다고 말했다. 하지만 그 둘 중 누구 하나도 먼저 돌아갈 생각을 하지 않았다. 그러다 린지가 먼저 차 한잔 먹고 가지 않겠냐고 재순에게 물었다.

재순은 만약 지금 차를 한잔 마시게 된다면 내일 뉴욕에 방문하는 건 어려워질 거란 생각이 들었다. 하지만 뉴욕은 내일의 일이고, 지금 당장 눈앞엔 이 야밤에 자신의 집에서 차 한잔을 하자고 권유하는 매력적인 여성이 있었다.

재순은 차를 주차해놓고 린지와 함께 그녀의 아파트로 올라갔다. 린지는 계단을 올라가며, 룸메이트가 있지만 매주 금요일 밤마다 파티를 즐기러 나가기 때문에 지금 집에는 아무도 없을 것이라 말했다. 무슨 의도가 있어서 그런 언급을 한 건 아니었겠지만, 재순의 목에서 침이 꼴깍 넘어가는 소리가 났다.

린지는 잘그락거리며 주머니에서 꺼낸 열쇠로 문을 열었다. 작고 아담한 아파트에는 방이 두 개였고 주방은 열려 있는 구조로 거실과 바로 연결되어 있었다. 그들은 바로 주방으로 향했고 주방에서 찻물을 끓였다.

　벽에 살짝 기댄 린지는 가까이 서 있던 재순에게 무시할 수 없는 어떤 신호를 주었다. 재순은 린지가 주는 신호를 놓치지 않았다. 그들은 전기주전자에서 찻물이 끓는 주방에서 부드러운 키스를 나누었다. 그들은 끓여 놓은 찻물은 머릿속에서 지운 듯 서로의 입술을 탐하며 린지의 방으로 들어갔다. 부드럽게 시작된 키스는 어느새 격렬해져 있었다.

　재순은 입고 있던 상의를 벗어 던지고는 린지의 옷을 풀어헤쳤다. 그녀의 침대 옆에서 은은한 빛을 내뿜는 노란 전등 옆에서 린지의 새하얀 살결이 드러났다. 그리고 그들은 잠시 그들에게 벌어졌던 모든 일을 덮어둔 채로 육체가 제공하는 자극적인 감각에 저항 없이 이끌렸다.

Philadelphia

Part 4

다시 서부

　다음 날 잠에서 깬 재순은 켄 나가토모로부터 메시지가 와있는 것을 발견했다. 전날 짐 피츠로이가 다소 무례한 행동을 했다는 걸 들었고, 대신 사과한다는 내용이었다. 짐도 어제의 행동을 뉘우치고 있다고 했다. 재순은 짐에게도 일종의 동정심을 느끼고 있었기에, 그에게 다 괜찮으며, 사과할 일이 없다고 전해달라고 켄에게 답장을 보냈다.

　옆에 린지가 자고 있는지 뒤돌아보았으나 그녀는 침대에 없었다. 9시가 조금 넘은 시간이었고, 호텔은 11시까지는 체크아웃을 해야 하기 때문에 슬슬 나가봐야 했다. 시간이 애매한 탓에 역시 뉴욕을 가는 건 무리였다.

　그는 옷을 주섬주섬 챙겨 입고는 방에서 나왔다. 방에서 나오니 주방에서 요리를 하고 있는 린지가 보였다. 그녀는 아침을 만들고 있었다며 가더라도 아침 식사는 하고 가라고 했다. 재순은 식탁에 앉아 린지가 오믈렛 만드는 걸 구경했다.

그는 하품을 하고는 린지에게 잘 잤느냐 물어봤다. 왠지 공기 중에 약간 어색한 분위기가 흐르고 있음이 느껴졌다. 굳이 어색하다고 표현하기보다는 사실 '이젠 어쩌지?'라는 물음표가 재순의 머릿속에 떠 있었는데, 그건 린지도 같은 상황인 것 같았다. 린지는 잘 잤다고 대답했다. 예상한 듯 원론적인 답변이었다. 그녀는 재순에게 이제 계획이 어떻게 되는지 물었다.

재순은 저녁 비행기로 LA에 돌아가기 때문에 체크아웃 후 필라델피아로 다시 돌아가서 어제 다 못 본 관광지를 좀 돌아다니다 공항으로 갈 예정이라 말했다. 린지는 재순이 호텔 체크아웃을 해야 한다는 걸 막 깨달은 듯, 이미 너무 늦은 건 아닌지 물어보았다. 재순은 호텔이 멀리 있지 않기 때문에 상관없을 것 같다고 했다. 그들은 린지가 차린 아침 식사를 별 대화 없이 마쳤다. 식사가 끝난 후 재순은 가봐야 할 것 같다고 말하고 자리에서 일어섰다.

재순이 린지의 아파트를 떠나기 전 그 둘은 포옹을 나눴고, 언젠가 또 만나게 될 기회가 있었으면 좋겠다는 말을 나누며 아련한 작별 인사를 했다. 린지는 사건에 대해서 더 흥미로운 내용을 밝혀내게 된다면 자신에게도 알려달라고 했다.

재순 뒤로 문이 닫혔고 그의 눈앞에는 진한 초록색 벽이 보였다. 문을 나가며 재순의 물리적 위치도 변했지만 느끼는 감정도

변화했다. 린지의 집에서 나가기 전에는 혼란함과 어색함을 제외하면 큰 감정이 없는 상태였지만, 그녀의 집에서 나간 후로는 아쉬움을 넘어선 슬픈 감정이 느껴졌다. 바로 뒤돌아 문을 다시 열면 그녀를 또 볼 수 있겠지만, 무슨 의미가 있는 행동이겠는가?

그는 미련이 남은 듯 잠시 제자리에 서 있다가 마음을 고쳐먹고 렌터카로 이동했다. 건물 밖으로 나서자 시원한 바람이 불었다. 그는 린지가 창문을 통해 그를 보고 있는 것은 모른 채로 차에 시동을 걸었다. 재순의 차가 쌩 달리는 것을 보고 린지도 창틀에서 모습을 감추었다.

재순은 뉴 캠프턴을 떠나기 전에 사고가 벌어졌던 학교 앞으로 슬슬 지나가보았다. 정말 평범하기 짝이 없는 일반적인 건물이었다. 도무지 10년 전 수십 명이 사망한 끔찍한 사건이 벌어진 장소라는 생각이 들지 않았다. 만약 린지와 함께 왔었다면 그녀가 이 학교에 대해 해주는 설명을 들을 수도 있었을 것 같아 괜히 또 아쉬웠다.

재순은 길을 달려 필라델피아에 도착했다. 동부 일정 3일 차가 되어 미국에서의 운전이 익숙한 걸 넘어서 굉장히 자연스러워졌다.

구름이 껴있던 하늘이 계속 조금씩 어두워지더니 비를 뿌려대기 시작했다. 박물관에 가기는 더없이 좋은 날씨 조건이 형성되었다. 재순은 박물관에서 시간을 보내고 카페로 이동하여 지난 2박 3일간의 미 동부 여정을 정리해보았다. 그는 집중하여 그의 노트에 이것저것 끄적이며 감상을 기록하고 생각을 정리하였다.

토요일에 공항 인파가 많을 것을 대비하여 그는 공항에 조금 일찍 도착하기로 했다. 재순은 뉴욕에 가보지 못한 것이 여전히 조금 마음에 걸렸다. 닉 윌리엄스를 만나보려면 어쩔 수 없이 당장 LA로 돌아가야 하는 상황이 야속했다. 하지만 그는 원래 좋은 여행은 항상 어딘가 아쉬움을 남기는 법이라고 긍정적으로 생각하기로 했다.

그의 여행에 대한 우선순위는 이제 확실히 사건 취재 쪽으로 기울어 있었다.

공항에 도착해서는 핸드폰을 꺼내 린지에게 메시지를 보냈다. 그는 계속 내용을 썼다 지웠다 하며 결국엔 공항에 잘 도착해서 탑승을 기다리는 중이라는 내용에 더해, 짧았지만 기억에 남을 즐거운 시간을 보냈고 또 만날 일이 있으면 좋겠다는 내용을 전달했다.

린지도 곧 답장을 보냈다. 재순을 만나고 알게 되어 좋았고, 종종 연락하며 지내자는 내용이었다. 메시지가 곧바로 하나 더 오더니 LA까지 조심히 잘 가라는 내용에 하트 이모티콘이 붙어 있었다. 별 의미 부여할 필요 없는 이모티콘인 것은 잘 알고 있었지만, 재순은 그런 작은 것에도 잔잔한 행복감을 느꼈다.

탑승을 시작하고 재순은 비행기 좌석에 앉아 그가 정리해 놓은 사건 개요를 찬찬히 여러 번 읽어보았다.

1. 케빈보다 한 살 위인 닉은 항상 학교에서 괴롭힘을 당해 왔다.

2. 케빈은 아이스하키부의 핵심 선수였으며 아이스하키부원들과 문제없이 잘 어울렸다. 언급된 아이스하키부원들은 교내 괴롭힘의 주동자들이었던 것으로 보인다.

3. 학교에서 잘나가던 케빈은 정도가 극심하지는 않았지만 일시적으로 그의 친구들에게 언어적 괴롭힘을 당했다.

4. 케빈이 경험한 언어적인 괴롭힘은 그의 모친인 선미에 대한 것으로, 이를 계기로 평소 잘 어울리던 아이스하키부원들과 사이가 틀어졌다.

5. 일시적이었음에도 케빈은 괴롭힘을 당한 경험으로 닉의 일상을 이해하게 되었다.

6. 닉에 대한 교내 괴롭힘은 날이 갈수록 정도가 심해졌다.

7. 괴롭힘 가해자들이 닉과 케빈의 모친인 김선미를 성폭행했다.

8. 모친과 형에 대한 복수를 위해 케빈이 총기 난사를 감행
   했다.

 이해되지 않는 부분은 없었지만, 위 7번 내용은 닉이 선미를
보호하려는 목적으로 그동안 함구해오고 있던 사안이기 때문에
블로그에 올릴 수는 없다는 치명적인 문제가 있었다. 7번 내용
없이는 동기에 대한 설득력이 좀 약하다는 생각이 들었다. 케빈
이 학교에서 몇 번 싸운 걸 가지고 총기 난사를 했다는 결론을
내릴 수는 없었다. 다른 각도로의 접근이 필요했다.

 형제애가 너무 끈끈했기 때문에 형이 받은 고통을 이해하고는
그간 형을 괴롭힌 수많은 가해학생을 처단한 것으로 결론을 내
기 위해서는 좋은 스토리텔링이 필요해 보였다. 그는 생각에 집
중하기 위하여 눈을 감았다. 교착상태로 인하여 머리가 복잡해
지기 시작했다.

 짐 피츠로이와 나누었던 대화 중 그가 수많은 뼈가 부러진 채
로 바닥에 누워 케빈의 얼굴을 보았다고 말한 점이 떠올랐다.
재순은 당시 냉혹한 복수의 화신이 어떤 표정을 짓고 있었을까
궁금했다. 그와 동시에 이런 의문도 일었다. 분명히 총기 난사
범이 복면을 쓰고 나타나 총격을 시작했는데, 왜 짐이 바닥에
누워 목격했을 때는 복면이 없는 상태였는지 언뜻 이해되지 않

았다. 그리고 복면을 쓴 이유는 용기를 얻기 위함이었을 것으로 추측했다. 인터넷에서 사람들이 지독한 하수구 같은 언행을 스스럼없이 뱉는 것도 익명의 가면을 쓰고 있어 가능한 것과 같은 이치로 생각하면 될 것이다. 총기 난사범의 목적은 교내 식당에서 달성이 되었기 때문에, 성취감을 느끼고는 복면을 제거한 것일까? 하지만 분명 총기 난사범은 복면을 쓴 채로 스스로 목숨을 끊었다.

재순은 닉 윌리엄스가 실제 범인이고, 어떤 이유에서인지 케빈 윌리엄스가 모든 죄를 뒤집어쓴 채로 자살했을 가능성을 고려해보았다. 케빈의 모친이 성폭행을 당한 날 이후, 그의 등교 시간이 들쭉날쭉해졌기 때문에 닉이 학교에서 총을 쏘고 있을 때, 케빈이 딱 학교에 나타난 것이라면 온종일 사람들의 눈에 띄지 않았을 가능성이 있다. 범인은 복면을 쓰고 있었기 때문에 체형이 굉장히 독특하지 않은 이상 복면을 벗기기 전까지 누가 총을 쏘고 있는 건지 알 수 없었을 것이다. 다만 닉이 그날 학교에 정상적으로 등교했다면, 입고 있던 옷에 의해 진작에 탄로났을 것이다. 물론, 복면을 가져온 마당에 여벌 옷도 챙겨갔다면, 이 역시 해결되었을 것이다.

재순의 생각에는 닉이 전교생을 쏴 버리고 싶은 마음이 케빈보다는 컸을 것 같았다. 괴롭힘을 지독하게 당한 것도 닉이었고, 아마 그 파티가 있던 날 일찌감치 먼저 집에 들어가 실제로 모친이 성폭행을 당하던 현장도 목격하지 않았을까 추측했다.

그는 닉을 만나면 그의 모친이 성폭행 당한 것은 어떻게 알게 되었는지 물어보기로 하고 공책에 적어두었다. 사건을 실제로 목격했다면 이를 전해 듣는 것 이상의 큰 충격으로 인하여 범행을 저질렀을 가능성이 더 클 것이었다.

가장 큰 문제는 이 음모론이 성립하려면 케빈이 닉을 위해 대신 죽어줄 만한 이유가 있어야 한다는 것이다. 아니면 케빈이 닉을 말리러 갔다가 총을 맞고 사망했고, 닉이 자신이 쓰고 있던 복면을 케빈에게 입혔을 수도 있다.

이 음모론이 성립할 가능성이 열려 있다고 판단한 점은, 케빈 윌리엄스가 수십 명을 죽인 총으로 스스로 목숨을 끊은 순간 바로 옆에는 닉 윌리엄스가 있었다는 것이다. 그들과 같은 공간에 있었던 다른 학생들은 이미 총을 맞고 사망했기 때문에 케빈 윌리엄스의 마지막 순간에 실제로 어떤 일이 있었는지는 증언할 사람이 닉 윌리엄스밖에 없다는 이야기다.

공간을 얘기하자니, 하필이면 케빈이 마지막을 맞이한 장소가 왜 2층에 있는 양호실인지도 이해하기 어려웠다. 어쩌다 궁지에 몰려 양호실에서 스스로 목숨을 끊었다고 생각하기엔, 굳이 교내 식당에서 난사한 후 출구 확보가 어려운 2층으로 올라갔는지 설명하기 어려웠다. 아무래도 어떤 목적이 있는 행동이지 않았을까 생각했다. 아니면 애초에 살아서 다시 학교를 나가려는 생각이 없었을 수도 있고 어쩌다 양호실을 마지막 순간을 보내기에 적합한 장소라 즉흥적으로 판단한 걸 수도 있다.

다만 재순의 가설은 짐 피츠로이가 사경을 헤매며 관찰한 내용을 바탕으로 만들어진 것이기 때문에 확증이 있지 않는 이상 증명이 불가능했다. 그리고 사건 후 이미 10년이 지났기 때문에, 닉 윌리엄스가 자백하지 않는 이상 짐의 말이 진실인지 알 수 없었다.

재순은 이런 의심은 자신만 한 것일까 궁금했다. 지난 며칠간 꾸준히 이어온 인터넷 조사로 사이비 종교설, 외국 스파이설과 같은 음모론은 접했어도 이런 방향의 음모론은 접한 적이 없었다.

재순이 공상에 빠져 있던 사이 비행기는 어느새 LA에 도착했다. 온갖 생각에 빠져 있느라 이번에도 비행기가 착륙했을 때 사람들이 박수갈채를 했는지는 전혀 기억이 나지 않았다. 재순은 공항을 빠져나와 자신을 픽업하러 나온 해성과 만났다. 해성은 지난 2박 3일간 무슨 일이 있었는지 하나도 빠짐없이 이야기해달라고 했다. 공항에서 해성의 집까지 가는 길 내내 재순은 비행기에서 생각해낸 가설에 대하여 끊임없이 설명했다. 하지만 선미에게 벌어졌던 불상사에 대해선 당분간 함구하기로 했다. 그들은 실제 친분이 있는 사이인 만큼 이 새로운 정보가 그들의 친분에 어떤 영향을 줄지 모르기 때문이다.

재순은 해성에게 내일 같이 교회에 가자고 했다. 내일 무슨 일이 있어도 선미와 닉을 꼭 만나야 하기 때문이라고 했다. 해성은 재순에게 어떤 계획이 있는 것인지 물었다. 재순은 닉에게 양호실에 자주 들락거리던 학생들 중 흠모하는 여학생이 있었는지를 물어볼 생각이라고 했다. 해성은 굳이 여학생에 한정 짓는 재순을 한심하게 보며, 양호 선생이거나 다른 남학생이었을 수도 있는 거 아니냐고 이의를 제기했다.

재순은 별것으로 트집이라고 따졌지만 곧 포기하고 이의를 받아들였다. 그리고 양호실과 닉의 어떤 긍정적인 연관성이 확인되기만 하면 바로 닉을 추궁할 생각이라고 말했다. 해성은 재순 성격에 그런 추궁을 제대로 할 수나 있을까 싶었다. 해성이 보기에 재순은 생각이 너무 많아 행동의 범위에 제약이 있었다. 추궁은 자신이 하면 잘할 것 같았기에 그 부분에 대해서는 자기가 돕겠다고 나섰다. 닉이 선미의 아들이란 점이 마음에 조금 걸리기는 했으나, 재순의 말을 들어보니 닉과 양호실 간의 확실한 연관성이 있다면 그가 정말로 진범일 수도 있겠다고 생각하여 기꺼이 재순을 돕기로 결정했다.

마침내 그들은 해성과 크리스틴의 집에 도착했고 크리스틴이 활발한 에너지로 재순을 반겨주었다. 그녀도 재순의 미 동부 2박 3일 여행기가 너무 궁금했기 때문에 재순이 간단히 씻고 돌아오자마자 빨리 식탁에 앉아 이야기보따리를 풀라고 재촉했다.

재순은 해성에게 했던 이야기를 조금 축약한 버전으로 설명하고 이번에는 린지와 필라델피아를 구경한 얘기도 추가하였다. 옆에서 눈이 동그래진 해성은 크리스틴이 못 알아듣도록 한국어로 '했어?'라고 물었다. 크리스틴은 대강 뜻을 알아듣고는 해성의 근육질 팔을 철썩 때렸다. 해성은 '서당개도 3년이면 풍월을 읊는다더니.'라고 말하면서 감탄했고, 이번엔 무슨 말인지 전혀 알 수 없었지만 뭔가 놀리는 말임을 직감한 크리스틴은 해성의 팔을 한 번 더 철썩 때렸다.

크리스틴은 다시 재순에게 집중하고는 '그래서?'라고 말하며 대답을 촉구하는 표정을 지었다. 재순은 잔에 담긴 맥주를 시원하게 들이켜고는 방글방글 웃으며 대답을 회피했다. 그는 자리에서 일어나 맥주를 더 가지러 냉장고로 이동했다.

해성과 크리스틴은 동시에 '했네 했어.'라고 말하며 온갖 방정을 떨었다. 재순은 가득 찬 맥주잔을 들고 자리에 앉으며 그들을 진정시켰다. 어린애처럼 굴지 말라고 농담조로 핀잔을 주었다. 해성과 크리스틴은 조금도 진정하지 않고 첫 키스는 어떻게 했는지를 물었다.

재순은 대충 필라델피아 여행이 끝나고 차 한잔 마시러 린지 아파트로 올라간 얘기를 했다. 주방에서 찻물을 끓이고 있을 때 린지로부터 어떤 무시할 수 없는 신호를 받고 첫 키스를 나누었다고도 설명했다.

해성은 그 무시할 수 없는 신호가 무엇인지 물었다. 재순이 설명하길, 린지가 벽에 살짝 기대어 옆, 그러니까 린지의 시점에서는 앞에 서 있는 재순을 바라보며 손을 살짝 건드렸다는 것이다. 크리스틴은 차를 마시러 그 야밤에 자신의 집에 초대한 것 자체가 거대한 신호였다며, 린지가 신호를 한 번 더 보내게 했어야 했냐며 재순을 답답해했다. 두 번째 신호는 자신은 처음 들어보는 수법이지만 그래도 잘 캐치해서 다행이라고 얘기했다.

해성은 차 마시러 올라오라고 하는 게 한번 하자는 신호인 거냐고 크리스틴에게 물었다. 정말 순수한 의미로 그저 맛있는 차를 대접하고자 부른 걸 수도 있는 것 아니냐고 했다.

크리스틴은 대답할 가치가 없다는 듯 해성을 흘겨보고는 무시해버렸다. 그러고는 재순에게 린지와 계속 연락을 이을 생각인지 아니면 그저 원 나이트로 끝난 일인지 물었다.

재순은 자기는 진정성이 있는 사람이기 때문에, 원 나이트 같은 것은 신념에 맞지 않는다고 우쭐대며 대답했다. 그는 린지와 만남을 이어가거나 서로를 알아가는 단계를 밟고 싶지만, 현실적으로 물리적인 거리 때문에 어려울 것 같다고 했다. 만약 둘이 같은 도시에 살았다면 계속 만남을 이어가지 않을 이유가 없었을 것이라고 대답했다.

크리스틴은 마음 아프지만 아름다운 이야기라고 말하며 가슴 뭉클해했다. 그러고는 운명이 이렇게 가혹할 때가 있다며 재순을 위로했다. 해성은 이 둘이 어떻게든 이루어질 운명이라면 필연적으로 다시 만나게 될 일이 생길 것이니 두고 봐야 알 일이라고 말했다.

맏아들

　재순과 해성은 살짝 늦잠을 자는 바람에 서둘러 교회로 출발했다. 크리스틴은 그들을 배웅하며 행운을 빌어줬다.

　따뜻한 LA 햇살을 받으며 그들은 교회로 향했다. 지난번에 교회 가는 길 차 안에서 재순은 하염없이 꾸벅꾸벅 졸았던 게 기억났다. 이번에는 지난번과는 다르게 정신이 아주 총명했다.

　그들은 다행히 조금도 늦지 않고 교회에 도착했다. 문을 열고 들어가니 이미 선미가 보였다. 그 옆에는 닉으로 추정되는 젊은 사람이 신도들과 인사를 나누고 있는 게 보였다. 재순의 손에 땀이 흥건해졌다. 굉장히 긴장되었지만, 할 수 있다는 자기최면을 걸며 교회 안으로 들어가 지난주 만났던 교회 신도들에게 먼저 반갑게 인사했다.

　신도들은 재순을 반가워하며 그를 따뜻하게 맞이하였다. 선미도 해성과 재순을 보고는 반갑게 인사를 했다. 해성은 지난번 선미네 방문했을 때 떡갈비를 매우 맛있게 먹었다고, 안 그래도 좋은 음식 솜씨가 점점 더 느는 것 같다며 선미를 추켜세웠다. 선미는 함박웃음을 지으며 또 밥 먹으러 언제든지 오라고 말했다.

옆에서 다른 신도들과 이야기를 나누던 닉 윌리엄스가 선미와 대화를 나누고 있는 해성과 재순을 보고는 인사하러 다가왔다. 그는 해성과 재순에게 인사하고 생각보다 훌륭한 한국어로 자신을 소개했다. 닉은 어느 쪽이 해성인지 물어보며 해성에게 자신의 어머니를 잘 챙겨주는 것에 대해 예의 바르게 감사함을 표시했다. 그는 자신이 다른 주에 사는 바람에 어머니를 잘 모시지 못하고 있지만 해성의 존재 덕에 마음이 조금 놓인다며 거듭 고마워했다. 해성은 웃으며 오히려 본인이 선미에게 의지하고 있는 점이 많다고 대답했다.

닉은 재순 쪽을 보며 재순에 대하여도 자신의 친구 짐 피츠로이를 통해 들었다고 말했다. 어쩐지 재순을 경계하는 듯한 느낌이 물씬 났다. 재순은 처음 만나게 되어 반갑다고 인사했다. 닉은 재순에게 예배 시작 전에 잠시 간단히 얘기 좀 할 수 있겠냐고 물어보았다. 재순은 잘 되었다 생각하고 속으로 쾌재를 부르며 겉으로는 무척이나 덤덤하게 닉의 요청을 받아들였다.

선미가 옆에서 걱정되는 모습으로 닉을 바라보았다. 이게 무슨 일이냐며 해성에게 물었고, 해성은 별일 아닐 거라고 말했다. 재순이 사건을 취재하다가 닉의 친구와 인터뷰했고, 그 내용에 대해 물어보고자 그러는 것 같다고 했다. 선미는 일단 안심한 듯했으나 재순과 닉이 문밖으로 나가는 것을 잠시 바라보며, 저 둘이 무슨 대화를 나누려는 것인지 궁금해했다.

교회 건물 밖으로 나와서, 닉은 재순에게 괜찮다면 자신과 커피 한잔하겠냐고 물었다. 본인은 신앙심이 있어서라기보다는 모친의 친구들에게 인사를 하기 위해 교회에 나온 것이기 때문에 굳이 예배에 참석할 필요는 없다고 말했다. 재순은 알겠다고 대답하며 닉의 제안을 따랐다.

그들은 근처에 있는 큰 대형 카페로 이동하여 자리에 마주보고 앉았다. 재순은 선미네 방문했을 때 본 닉의 어렸을 적 사진과 지금의 모습을 머릿속으로 대조하고 있었다. 사진 속의 닉보다 지금 재순 맞은편에 앉아있는 닉은 훨씬 늠름해 보였다. 어릴 때보다 좀 더 풍채가 생기고 수염을 기른 탓인지도 모르겠다. 학창 시절의 사진을 봤을 때는 아시아계의 외모가 좀 더 뚜렷하다고 생각했으나 지금 닉의 모습은 서양적인 느낌이 더 강했다.

재순과 닉은 커피 한 잔씩 시키고 대화를 시작했다. 대화에 앞서 닉은 이런 민감한 주제의 이야기를 한국어로 할 수 있어서 다행이라고 말했다. 지금 그들이 나누게 될 이야기를 만약 영어로 한다면 주변 사람들이 흥미를 가지고 대화를 엿들으려 할 것이라고 했다.

재순도 이에 동의했다. 그리고 일단은 말을 아끼며 닉이 본론으로 들어가기를 침착하게 기다렸다.

닉은 금방 본론으로 들어갔다. 피츠로이를 통해 자신의 어머니에게 발생한 성폭행 사건에 대하여 들은 것을 안다고 말하며, 절대로 해성에게 이 사실을 얘기하지 말아 달라고 부탁했다. 불쌍한 닉의 모친은 성폭행 사건을 닉과 케빈, 심지어 그녀의 남편인 버크에게도 언급하지 않았다고 한다. 그는 엄마가 이 사건에 대해 가족들에게조차 알려주지 않는 이유는 알 수 없지만, 이미 가해자들이 모두 죽어버려 더 이상 정의를 구현할 상황도 아니기 때문에, 그녀가 먼저 언급하지 않는 이상 모르는 척하는 것이 자식 된 도리라고 했다.

재순은 그 정도의 사건이라면 아무리 어머니가 먼저 얘기를 꺼내지 않더라도, 닉 쪽에서 경찰을 불러 난리를 쳤어야 하는 게 맞지 않나 생각했다. 다만 이에 대해 자신이 왈가왈부할 위치가 아니라 생각하여 닉의 의견을 존중하기로 했다. 그리고 그는 닉이 선미를 통해 성폭행 사실을 알게 된 게 아니라면 도대체 어떻게 알게 된 것인지를 물었다.

이미 앞서 언급한 그 문제의 파티로 돌아가자. 그때 닉은 케빈과 린지에게 끌려 나오듯 파티에 참석하였다. 사실 그로서는 파티에 이런 식으로 참석하는 게 자신의 학교생활에 조금도 도움을 주지 않는 것 같았다. 그러다 보니 어쩔 수 없이 나오는 상황이었다.

닉은 그런 진심을 케빈에게 공유하지는 않았다. 그저 책을 좀 더 읽고 게임을 하고 싶다는 이유를 들어 파티에 가고 싶지 않다고 말했다. 하지만 케빈의 권유가 너무 적극적이었고, 동생의 노력을 계속 무시하고 싶지도 않아 어쩔 수 없이 파티에 따라가게 된 것이다.

하지만 역시나 파티에서 어떠한 재미를 찾을 수도 없었다. 혹시나 여기서도 괴롭힘을 당하면 어쩌나 걱정도 되었다. 다행히도 케빈과 린지가 닉의 옆에 있을 때면 아무도 그를 괴롭히지는 않았다. 다만, 파티 내내 그들의 꽁무니만 쫓아다니고 싶지도 않았다. 그날 파티에 들어가자마자 닉은 파티광 아이스하키부원들을 마주쳤다. 하지만 아이스하키부원들은 역시나 닉이 케빈과 린지와 함께 있는 것을 보고는 그를 본체만체하고 지나가 버렸다.

닉은 파티에 오래 머무르지 않고 케빈과 린지가 다른 무리들과 대화를 나누느라 정신이 팔린 와중에 몰래 파티에서 빠져나왔다. 그는 집으로 뛰어가서 조용히 자신의 방으로 들어갔다.

선미에게서 왜 더 안 놀고 벌써 들어왔냐는 불편한 질문을 들을까 봐 굳이 집에 왔다고 알리지는 않았다.

닉이 한참 방에서 마음 편히 독서하고 있는데, 초인종이 울렸다. 선미가 총총 뛰어가서 문을 열었는데 왁자지껄한 소리가 들렸다. 술 마신 아이스하키부원들이 겁을 상실한 채로 닉의 집까지 찾아온 것이다. 닉은 자신을 이렇게까지 괴롭히려고 온 것인가 싶어 좌절감에 순간 눈물이 핑 돌았다. 밖에서 브래드의 목소리가 들리는 듯했다. 닉은 자신의 2층 방에서 문을 살짝 열고 무슨 대화가 오가는지 엿듣고자 했다.

브래드는 다짜고짜 선미에게 지금 댁에 케빈의 아버지가 계시냐고 물었다. 그날도 역시 출장으로 버크는 집에 없었다. 선미는 이 학생들이 좋은 뜻을 품고 찾아온 게 아니란 걸 직감적으로 느끼고는, 버크가 집에 있다고 거짓으로 대답하였다.

브래드가 실망하고 있는데 옆에서 누군가 웃으며 차고에 지금 선미의 차밖에 없다고 말하는 소리가 들렸다. 그러자마자 네 명의 거구가 집으로 쑥 들어왔다. 닉은 황급히 문을 닫고 스탠드 불도 꺼버렸다. 어머니를 어떻게든 구조해야 했지만 도무지 어떻게 해야 할지 좋은 방도가 떠오르지 않았다. 그는 패닉 상태에 빠져 911을 부르지도 못했다. 그는 자신의 옷장으로 들어가 귀를 막고 발을 동동 구르며 숨을 헐떡이기만 했다. 겁에 질린 닉은 자신의 소리가 아래층에 들릴까 봐 발을 크게 구르지도 못했다.

1층에서는 우당탕하는 소리가 울렸다. 선미의 목소리는 더 이상 들리지 않는 것으로 보아 누군가가 그녀의 입을 막고 있는 게 분명했다. 그리고 닉 인생에서 가장 끔찍한 시간이 흘렀다. 그는 여전히 옷장에 쭈그리고 앉은 채 아무것도 할 수가 없었다. 깊은 무력감에 빠져 입을 틀어막고 엉엉 울 뿐이었다. 닉은 패닉 상태에 빠져 눈앞에 아무것도 보이지도 않았다. 모든 감각이 마비된 듯했다.

얼마의 시간이 흐르고 집안이 쥐 죽은 듯 조용해졌다. 닉은 여전히 패닉 중이었다. 그는 시간이 지나며 차츰 정신을 차리기 시작했지만 케빈이 돌아올 때까지도 여전히 옷장에 쭈그리고 앉아 발을 동동 구르고 있었다.

파티에서 늦지 않은 시간에 돌아온 케빈은 집에 어떤 일이 있었는지도 모른 채 다녀왔다고 크게 말한 후 위층으로 올라갔다. 1층의 소란은 케빈이 들어오기 전 선미가 미리 정리를 해 둔 모양인지, 케빈은 아무것도 알아차리지 못했다.

케빈은 바로 닉의 방으로 들어갔는데 방에 닉이 없고 불도 꺼져 있어, 형이 어디 갔나 궁금해하고 있었다. 자신의 방에서 인기척이 느껴진 닉은 옷장 문을 슬쩍 열었다. 케빈은 옷장에 쭈

그리고 있는 좋지 않은 몰골의 닉을 발견하고는 깜짝 놀라며 무슨 일이 있었냐고 물었다.

닉은 일단 물을 가져다 달라고 작은 목소리로 부탁했다. 케빈은 다급하게 물을 대령하고는 케빈을 진정시킨 후 자초지종을 설명 들었다. 닉은 눈물을 줄줄 흘리며 아무것도 못 한 자기 자신을 탓했다. 케빈은 바로 선미에게 달려가려고 했으나 닉이 케빈을 붙잡았다. 일단은 모르는 척하고 있는 게 최선이라고 생각해서인지, 아니면 자신이 집에 있었음에도 구조가 필요한 어머니에게 도움을 주지 못한 사실이 창피해서인지 말린 것인지는 모르겠다.

닉은 자기는 이제 괜찮으니 좀 혼자 있게 해달라고 케빈에게 부탁했다. 케빈은 형의 말을 듣고는 일단 조용히 자신의 방으로 들어갔다. 케빈은 자신의 형에게 가하던 폭력을 확장하여 자신의 어머니에게도 손을 댄 동료들을 가만히 둘 수 없었다. 하지만 먼저 어머니는 어떤 상태인지 알아야 했다. 가만히 있을 게 아니라 빠르게 어머니를 병원으로 모셔야 하는 건 아닐지 걱정이 앞섰다.

그는 닉의 충고를 무시하고 안방 문을 똑똑 두드렸다. 안방 바깥으로 티브이 소리가 흘러나오고 있었다. 선미는 지금 막 목욕을 마쳤다고 조금 이따가 들어오라고 말했다. 그러고는 "무슨 일 있니?"라고 물었다. 그녀의 말투는 평상시와 조금도 다르지 않았다. 케빈은 파티 갔다가 막 돌아왔다고 말해주려고 했다고 대답했다. 선미는 잘했다고 하며 내일 늦게 일어나지 않도록 빨리 이 닦고 자라고 평상시와 다름없는 잔소리를 했다.

케빈은 다시 닉의 방으로 가서 "방금 엄마랑 얘기했는데 완전 멀쩡해 보이시던데?"라고 말했다. 닉은 절대 거짓말이 아니라며 실제로 있었던 일이라고 맹세했다. 케빈은 일단 닉의 말을 믿고 경찰을 불러야 할지 닉과 상의해 보았다.

닉은 아무 물증도 없는 상황에서 경찰을 부르는 게 의미가 없을 거라고 했다. 그는 자기도 일단 생각을 좀 해볼 테니 조금 이따 얘기하자고 하고 케빈을 다시 내보냈다. 케빈이 방을 나간 후 그는 진정을 취하고자 잠을 청했다.

하지만 밤새 잠을 못 이루던 닉은 한밤중 뭔가 이상한 직감이 들어 아버지가 총기를 보관하고 있는 지하실로 내려가보았다. 총기함을 어떻게 땄는지 케빈이 총을 들고 만지작거렸다. 닉은 깜짝 놀라 케빈에게 당장 총을 내려놓으라고 얘기했다. 그리고 총기함은 도대체 어떻게 연 것이냐며 열쇠도 당장 내놓으라 했다. 케빈은 도대체 왜 세상이 우리 가족을 괴롭히는 것인지 모르겠다고 말하며 눈물을 흘렸다.

닉은 성숙한 태도로, 아무리 그래도 살인은 정당화될 수 없다고 케빈에게 말하고는 총을 빼앗아 총기함에 집어넣었다. 그러고는 케빈에게 이 열쇠를 어떻게 가지고 있는 것인지 물었다.

케빈은 아버지가 총이 당장 필요한 비상 상황을 대비하여 여분의 열쇠를 항상 총기함 근처에 숨겨두는 걸 알고 있어서 근처를 열심히 뒤져보다가 찾았다고 말했다.

닉은 그 나쁜 놈들이 죽는 건 상관이 없다 쳐도 케빈의 인생이 망가질 것이 염려된다며 당장 총기함의 열쇠도 원래 있던 장소에 돌려놓으라고 말했다. 케빈은 말없이 지하실 구석의 철제 서랍장을 힘들여 앞으로 당기더니 서랍장 뒤편에 살짝 박혀 있는 나사에 열쇠를 걸고는 서랍장을 원위치했다.

닉은 열심히 키워준 부모님을 생각해서라도 절대 이런 생각은 하지 말라고 케빈에게 당부했다. 그는 학교에서 인기도 좋고 아이스하키부에서도 좋은 성적을 내고 있는 케빈의 창창한 앞날이 이런 식으로 망가져선 안 된다고 믿고 있었다. 그렇기에 열심히 케빈을 다독이며, 폭력적이지 않은 복수 방법을 함께 고민해보자고 말했다. 형제는 함께 뜨거운 눈물을 흘렸다.

재순은 "그럼에도 케빈은 결국엔 범행을 저지른 거네요."라고 말하며 닉 윌리엄스의 반응을 떠보았다. 닉은 고개를 끄덕이며 한숨을 쉬었다. 그러고는 이 얘기는 이쯤 그만하자고 제안하며,

방금 말해준 이야기는 절대 재순의 블로그에 올리지 말아 달라고 간곡하게 부탁했다.

재순은 이 이야기는 못 들은 걸로 치겠다고 얘기했다. 다만 재순은 아직 닉을 통해 알고 싶은 게 남아 있었다. 재순은 조심스럽게 고등학교 시절 괴롭힘이 심할 때 피해 있을 만한 닉만의 장소가 있었는지 물었다. 닉은 딱히 그런 장소는 없었다고 대답했다. 그는 주로 점심시간에 도서관 아니면 체스부실에 있었고 그런 장소로 괴롭히러 오는 사람들은 아무도 없었다고 말했다.

또한 재순은 그에게 사귀는 여자 친구나 흠모하던 선생은 없었는지 물었다. 닉은 별 의심 없이 곧 잘 대답해주었다. 그는 고등학교 내내 여자 친구는커녕 여자인 친구도 없었고 음악 선생님을 매력적이라고 생각하긴 했지만 그렇다고 음악 선생님을 흠모하여 수작을 부리거나 어떤 행동을 취한 적은 없다고 했다.

재순은 닉과 양호실을 연결해 볼 만한 함정 질문을 계속 시도해 보았지만 전혀 소득이 없었다. 그는 계속 질문을 이어 보았다. 그는 닉이 한두 번 아이스하키부원들과 치고받고 싸운 적이 있는 걸로 들었는데 그때마다 상처를 치료하기 위해 양호실에 잘 갔는지 물었다. 그러고는 혹시나 닉이 의심할까 봐 그런 상황에서 미국 학교의 대처법이 궁금해서 물어본다고 설명을 덧붙였다.

그는 싸움은 딱 한 번 있었고, 싸움 직후에 상처를 꿰매기 위해 바로 양호실로 이동했다고 말했다. 양호실에서 별 특별한 건 없었고 상처를 대강 치료하자마자 교무실로 가야 했다고 당시 상황을 짧게 설명했다.

재순은 이대론 안 되겠다 싶어 조금 더 노골적인 질문을 하기로 결심했다. 그는 그 일 이후나 전으로 양호실에 가본 적은 없냐고 물었다. 그러고는 학교 양호실에 대하여 특별한 점은 없었는지 물었다. 닉은 여전히 아무런 의심 없이 대답을 해주었다. 양호실이야 만성 두통이 있어서 자주 갔는데 갈 때마다 꾀병 부린다고 양호실에서 닉을 진지하게 받아들이지 않았다고 했다. 양호실에 대해 특별한 점이라면, 양호실에 선인장 화분이 몇 개 있었는데 그게 다른 교실과 다른 점이었던 것 같다고 말했다. 그에게 양호실이란 그런 기억이 전부라고 대답했다.

닉은 작게 헛기침을 하더니, 케빈이 마지막 장소로 왜 양호실을 골랐는지 궁금해서 물어보는 것인 걸 안다고 말했다. 그는 이어, 거기에 대해서 딱히 이유가 있는 것 같진 않다고 말해주었다. 케빈이 누군가를 쫓아가다가 그쪽으로 가게 된 게 아니겠냐고 자신의 생각을 공유해주었다.

재순은 그에 대한 후속 질문으로 케빈이 사건 전 양호실에 가본 적이 있는지 물었다. 닉 윌리엄스는 고개를 젓고는 본인이 아는 한 그 양호실에 가본 적은 없을 거라고 대답했다. 케빈은 알다시피 아이스하키부원이었기 때문에 부상 시 쓰는 운동부 전용 양호실이 따로 있기 때문이다.

적어도 재순이 보기에 닉의 답변에는 거짓이 없는 듯했다. 다만 학교를 졸업한 지 10년 남짓의 시간이 지난 시점에서 양호실에 무슨 화분이 있었는지 기억할 정도라면 분명 양호실에 큰 애착이 있던 게 분명해 보였다. 특히나 케빈은 전용 양호실을 사용하여 해당 양호실에는 가본 적도 없을 것이라고 하니 닉이 사건의 진범일 것이라는 심증이 강화되었다. 재순은 공책의 페이지를 넘기며, 케빈의 마지막 순간을 닉이 목격한 걸로 알고 있는데 마지막으로 어떤 대화를 나누었는지 물었다.

닉은 이미 다른 언론사에서도 같은 질문을 수차례 받았다고 운을 띄웠다. 여태 모든 언론사에 말했듯, "내 몫까지 열심히 살아줘."라고 말하고는 말릴 틈도 없이 방아쇠를 당겨 자살해버렸다고 한다.

그는 양호실에서 케빈의 마지막을 함께하게 된 경위에 대해서도 설명해주었다. 그는 그 당시 혼자서 도서관에 있다가 총소리를 듣고 책상 아래 숨어있다가 총소리의 주인이 케빈일 것이라는 생각이 들어 벌떡 일어나 총소리를 따라 양호실로 가게 되었다고 한다.

재순은 양호실로 가며 복도에서 마주친 사람은 없었는지 물었다. 닉은 그 시점에 이미 도망갈 사람들은 다 복도를 벗어난 상황이라 시체 아니면 아무도 복도에 남아있지 않았다고 했다. 질문에 피로감을 느낀 닉은 슬슬 돌아가보자고 말했다. 다만 재순은 아직 인터뷰를 끝낼 수 없었다. 그는 공책에 별표 쳐 놓은 부분을 보고는 마지막 질문을 하겠다고 했다. 닉은 손목시계를 보더니 질문 하나 정도는 괜찮을 것 같다며 어서 물어보라고 여유 있게 대답했다.

재순은 닉에게 자신을 괴롭힌 학생들을 죽여버리고 싶다는 생각을 한 적은 없는지 물었다. 대량 학살의 동기는 닉이 더 커 보였기 때문에 물어본다고 아주 호기롭게 단도직입적으로 질문을 던졌다. 재순은 정공법을 쓰지 않으면 더 이상 진전되지 않을 것으로 생각하여 큰 실례를 무릅쓰기로 결정한 것이다.

예상대로 닉은 질문이 무례하다고 느꼈는지 얼굴을 찡그렸다. 그는 빨개진 얼굴을 감싸 쥐며 온몸으로 불쾌함을 표시했다. 닉은 불쾌한 감정에 의해 일그러진 표정을 짓고는 목소리를 낮추어 대답을 시작했다. 닉은 두 팔꿈치를 테이블에 얹더니, 학창 시절에 자신을 괴롭힌 학교폭력 가해자들을 죽여버리고 싶다는 생각을 하루에도 10번씩 했다고 솔직한 생각을 말했다. 하지만 자신의 소심한 성격 탓에 복수는 어쩔 수 없이 상상으로만 가능한 일이었다고 한다.

반면에 자신과 달리 케빈은 엄청난 깡다구가 있었다고 했다. 그래서 선미에게 끔찍한 일이 벌어졌을 때 자신은 상상으로만 하던 복수를, 그는 실행할 수 있었던 것이라고 설명했다. 재순은 설명을 하는 닉의 감정이 고조되는 것이 느껴졌다.

설명을 마친 닉은 재순에게 쏘아붙였다. 재순에겐 그저 흥미로운 이야기일지 모르지만 자신과 자신의 가족에게는 씻을 수 없는 트라우마를 남긴 사건인데, 이런 무례한 추측을 당사자 앞에서 하는 건 너무 상식에 어긋난 행동이라고 격앙된 어조로 말했다. 그는 이어, 자신의 가족이 아직까지도 짊어지고 있는 상처의 무게나 아픔이 가늠되기는 하냐고 테이블을 치며 따져 물었다.

재순은 한 방 제대로 얻어맞은 듯했다. 닉의 말을 들은 후 도대체 무엇을 위해서 이런 무례함을 무릅쓴 것인지 후회스러웠다. 알량한 욕심 혹은 모종의 근본 없는 야망을 위해 피해 가족을 괴롭히고 있는 자신의 모습을 발견한 것이다. 그는 결코 자신의 의심이 비상식적이었다고 생각하지는 않았지만, 아무런 확증이 없는 상황에서 닉을 몰아붙인 것에 대해 반성했다. 그는 자신의 잘못을 인정하고 닉에게 사과했다.

닉은 감정을 금세 다스리고는 쿨하게 사과를 받아줬다. 평정심을 되찾은 닉은 너무 강한 감정을 보여 미안하다고 말하며, 자신을 비롯한 가족의 상황을 이해해달라고 했다. 그러면서 시간이 대충 된 것 같으니 교회로 돌아가자고 제안했다.

커피 계산을 마치고 교회로 돌아가던 길에 린지 생각이 난 재순은 혹시 케빈이 사건 전에 사귀던 여자 친구에게도 왜 귀띔조차 하지 않았을지 짚이는 구석이 있는지 물었다. 닉은 그 둘만의 사정이 있었을지 모르는 것 아니겠냐고 대답했다. 그는 저승에 있는 케빈만이 답할 수 있는 질문인 것 같다고 말했다. 재순은 끝까지 아무 영문을 모를 린지 생각에 마음이 아팠다.

교회 앞에 다다르자 닉은 잠시 재순을 멈추어 세우더니, 오늘 부탁한 내용에 대해서는 꼭 약속을 지켜줬으면 좋겠다고 다시 한번 부탁했다. 그러면서 재순의 블로그에 케빈을 너무 악인으로 묘사하지 않아 줬으면 좋겠다고 말했다. 케빈은 사회적으로는 수많은 목숨을 앗아간 악인이 맞지만, 닉에게만큼은 자신뿐 아니라 부모님에게도 정말 잘하는 멋진 동생이었다는 것이다. 혹자는 형이 학교에서 동생이 속한 아이스하키팀에게 괴롭힘 당하는 걸 막지도 못했는데, 정말 형에게 잘한 게 맞냐고 반문할지 모르겠지만, 닉은 케빈이 그 나름대로 최선을 다한 것이라 생각한다고 했다. 분명 케빈은 형을 괴롭히지 말라고 종종 나서기도 했고, 형이 적응할 수 있도록 여러모로 신경을 써주려고 했다는 것이다. 그럼에도 본인이 괴롭힘을 당한 것은 1차적으로는 그놈들이 나쁜 놈들이라서 그렇고, 2차적으로는 본인이 못났기 때문이라고 말했다.

재순은 자신의 블로그는 방문자 수가 별로 없으니 큰 걱정할 것 없다고 말하면서도, 닉이 부탁한 대로 최대한 공평하게 쓰도록 하겠다고 약속했다. 닉은 재순의 말에 만족한 듯 미소 지었다.

마지막 챕터

　재순은 일주일간의 조사를 마친 뒤 사건의 동기는 접수가 되었으나, 블로그에 어떤 내용을 작성해야 할지는 여전히 막막했다. 사건의 핵심이 되는 부분을 사용할 수 없으니 반쪽짜리 이야기가 되어버린 느낌이었다. 아무리 스토리텔링을 더한다 해도 이렇게 만들어진 이야기는 진상에 가까운 내용일 뿐이지 완전한 이야기는 아니었다. 재순은 이런 이유로 그동안 총기 난사 사건의 범행 동기가 미궁으로 남아있던 것일 수도 있다고 생각했다.

　재순은 사건의 진상을 찾는 여정 내내 운이 참 좋았다고 여겼다. 모든 게 딱 맞아떨어져 짧은 시간 안에 효율적으로 만날 수 있는 사람들을 모두 만나본 것은 분명 행운이었다. 만난 사람들 모두 재순이 궁금해하는 내용에 적극적으로 대답해주었고 그를 적극적으로 도와준 것도 그랬다.

　아직 재순의 미국 일정에는 일주일이 남아 있었고, 남은 일주

일은 해성도 재순과 놀기 위해 회사에 휴가를 제출했다. 3인방은 2박 3일 여정으로 라스베가스와 그랜드 캐니언도 다녀왔다. 그들은 라스베가스 명물인 분수쇼도 감상하고 카지노도 가보는 등 도시가 제공하는 다양한 재미를 경험해보았다. 이때 좋은 추억을 매우 많이 쌓은 탓인지 재순의 출국길에 해성과 크리스틴이 공항에서 눈물을 보이기도 했다. 그 바람에 재순은 잠깐 당황했지만, 이내 같이 눈물을 흘렸다.

미 서부의 장엄한 자연경관은 이번 여행의 하이라이트였다. 재순은 멋진 미국의 자연에 감탄하며 미국에 살아보고 싶다고 생각했다. 도시와 문화 이런 요소보다도 결국엔 미국의 대자연이 가장 큰 감동을 주었다. 재순은 광활한 자연이 문명의 때가 묻지 않은 상태로 몇 시간 동안 이어지는 광경을 보며 해방감을 느꼈다. 그저 압도적이고 인간을 겸손케 하는 황홀한 자연 경관에 매료되었다. 그래서 그는 자신의 블로그에 총기 난사 사건 이야기는 부수적인 내용 정도로만 다루고, 미국의 아름다운 대자연에 대한 이야기를 쓰기로 결정했다.

그는 이 총기 난사 사건에 크게 집착하지 않아도 된다는 점이 안심되었다. 누가 강요하여 이 사건을 조사하게 된 건 아니었으나, 여행 중 매일같이 수십 명이 살해당한 끔찍한 사건 생각만 하는 것도 결코 유쾌한 일이 아니었다. 그래도 그는 자신이 이 경험을 통해 자신의 적성을 발견한 듯했다. 한국에 돌아가면 어떤 쪽으로 취업 준비를 해볼지 인생의 방향성이 생겼다.

재순이 그간 열심히 조사한 총기 난사 사건에 대한 나름의 결론이라면, 결국엔 닉의 말을 믿기로 한 것이다. 그렇게 케빈이 범행을 저지른 게 맞다는 쪽으로 사건을 정리했다. 닉과 대화를 나눈 날, 교회 예배가 끝나고 해성의 집으로 돌아가는 길에 해성은 재순에게 닉의 말을 모두 믿냐는 질문을 받았다. 재순은 물론 닉의 말에 100% 신뢰할 수는 없지만 다른 증거가 없기 때문에 그의 말이 맞는 것으로 결론내야 할 것 같다고 대답했다. 좀 더 솔직해지자면, 닉의 말을 반박할 증거를 찾는 게 현재 재순이 가진 자원으로는 불가능해 보였다. 그래서 이쯤에서 그만두기로 한 것이다.

재순은 닉이 더 이상 살인을 저지르지 않는다는 전제하에, 닉이 범인으로 밝혀진다 하더라도 그게 누구에게도 도움이 되지 않는다고 생각했다. 불쌍한 닉의 모친 김선미는 더 큰 비탄에 빠지게 될 것이다. 그건 이번에 대화를 나누어 보지 못한 그의 부친에게도 동일할 것이다. 린지 또한 회복이 가능할지 모를 큰 충격에 빠지게 될 것이고, 또 오랜 시간 고통받은 이 사건의 피해 유가족들에게도 아픈 상처를 다시 한번 각인시키는 꼴이 될 것이다. 그렇기 때문에 재순도 별수 없이 닉의 말을 믿는 것 이외에 방도가 없었다.

해성은 어떻게든 닉에게서 진실을 추궁해낼 준비가 되어있었는데 살짝 아쉽다며 웃었다. 이에 재순은 만약에 닉이 진짜로 사건의 진범이었다면, 총기 난사 사건의 대량 학살자를 사적 취조하고 추궁해서 궁지에 몰아넣는 게 그들의 안전에 도움이 되는 일이었겠냐고 물었다. 해성은 동의하며 닉에게 총 맞아 죽었을지도 몰랐을 일이었겠다고 가볍게 말하고는 또 허허 웃었다.

그날 점심을 먹으며 크리스틴도 재순의 의견에 동의했다. 이쯤에서 그만두는 것이 잘한 선택이라고, 더 이상 헤집고 다니지 않는 편이 좋겠다는 예감이 든다고 진지하게 말했다. 그러고는 그녀는 재순을 바라보고, 이제 미국 여행의 남은 여정은 마음 편하게 놀기만 하면 되겠다며 분위기를 띄웠다. 해성도 이에 동조하며 다음 주는 출근하지 않으니 이를 기념하기 위하여, 비록 점심시간이지만 당장 맥주를 따겠다고 선언했다.

그리고 며칠 후, 미국에서의 재순의 일정이 이윽고 모두 끝났다. 그는 해성과 크리스틴의 눈물겨운 배웅을 뒤로한 채 서울로 돌아가는 비행기를 기다리며 탑승구 앞에 서 있었다. 재순은 탑승구 앞에 무료하게 서서 기다리는 동안 일주일 전 필라델피아 공항에서 LA로 돌아가는 비행기를 기다리며 린지의 메시지를 받고 기분 좋아했던 게 기억났다.

그는 문득 사건 취재 중 린지라는 인물을 만나 모종의 친밀감을 쌓은 게 참 감사한 일이라고 생각했다. 하지만 의도치 않게 사실이 아닌 이야기로 그녀의 환심을 사게 된 것에 대하여는 계속 마음의 짐으로 남아있었다.

재순과 린지는 재순이 미국에 있는 동안 매일같이 연락을 주고받았다. 그들은 메시지를 주고받으며 서로에 대해 알아가는 재미를 느꼈다. 재순이 탑승구 앞에 서서 비행기를 기다리는 동안에도 그들은 연락하고 있었다.

재순은 지금을 놓치면 기회가 없을 듯하여, 린지를 첫 만난 날 총기 사고 피해자 모임에서 자신이 한 이야기는 지어낸 이야기이며, 켄 나가토모에게 접근하기 위해 부득이하게 그런 이야기를 만들어낼 수밖에 없었다고 실토해버렸다. 그리고 그는 실망했을 그녀에게 사과했다. 그녀가 크게 실망하여 재순의 연락처를 차단한다면 그것도 어찌 보면 차라리 잘된 일일 수 있겠다고 생각하기로 했다.

린지는 곧 답장하여, 실망 안 했다면 거짓말이겠지만, 그의 당시 상황이 이해되지 않는 것도 아니라고 했다. 그녀는 이어 그다음 메시지로, 그럼에도 자신은 속단하지 않는다며, 자신은 여전히 재순이 좋은 사람이라고 생각한다고 말했다.

재순은 다행이라고 생각했지만 이내 출국하여 그녀가 사는 곳에서 너무 먼 곳으로 돌아갈 생각에 서글퍼졌다. 그녀를 다시 볼 기약이 없다는 점이 가장 마음이 아픈 부분이었다.

린지와의 관계는 앞으로 자신의 인생에 어떤 영향을 주게 될지 재순은 상상해 보았다. 그는 린지를 조수석에 태우고 필라델피아 야경을 뒤로하던 기억을 머릿속으로 떠올렸다.

비행기 좌석에 앉아 공상에 빠진 재순의 공책에는 새로운 글귀가 추가되어 있었다.

"발끝이 닿는 곳마다 새로운 이야기가 있다. 낯선 곳에서의 도전은 그 자체만으로 아름답다. 익숙하지 않은 곳에서 마주한 새로운 이야기와 도전은 내일을 기다려지게 하는 멋진 삶의 원동력이 된다."

에필로그

닉은 동네북인 자신이 총을 들고 있다 한들 누가 겁을 먹을까 싶어서 스키마스크를 쓰기로 결정했다. 그에게 케빈이 요 며칠 학교에 제시간에 등교하지 않는 것은 잘된 일이었다. 혹여나 케빈이 엉뚱한 곳에서 나타나 총을 맞는다면 불쌍한 그의 부모는 두 아들을 잃게 될 것이다.

닉은 아무리 그가 학교에서 누구의 관심도 못 받더라도, 총이 든 큰 가방을 들고 등교하면 분명 누군가는 의심할 것으로 판단했다. 그래서 아무도 가지 않는 교내 식당 바깥쪽에 위치한 쓰레기장에 가방을 몰래 숨겨두었다. 학교 주방에서 발생하는 쓰레기가 다 이쪽으로 이동되기 때문이다. 학생들 사이에서는 역겨운 곳으로 낙인찍혀 있어, 이 좁고 그늘지고 냄새나는 곳에는 꼭 와야만 할 경우가 아니라면 아무도 일부러 방문하지는 않는다.

그는 점심시간이 되기만을 기다렸다. 오전 수업 시간에는 내내 총기를 꺼내서 어떻게 이동할지 계속 동선을 머릿속으로 그리며 이미지 트레이닝을 하였다. 이 학교에서 나쁜 놈들이 설치고 다니는 것은 오늘로써 끝을 보게 하겠다는 강한 의지 덕에 조금도 흔들림이 없었다.

그는 어제의 일을 떠올렸다. 닉은 평소에 자주 두통이 있어 양호실을 방문했는데, 그럴 때마다 양호실 구석 창가에 올려져 있는 선인장을 예뻐했다. 아무도 잘 신경 쓰지 않는 구석이라 그런지 선인장 화분 근처엔 항상 먼지가 쌓여 있었다.

닉은 구석진 먼지 구덩이에 놓여있더라도 항상 굳세게 그 자리에 서 있는 선인장이 항상 대견하게 느껴졌다. 그는 선인장이 보고 싶은 날이면 두통이 없더라도 그냥 양호실을 방문하여 선인장을 쳐다보다 가기도 했다. 그 선인장이 좋았기 때문에 케빈과 함께 돈을 모아 부모님께 같은 종류의 선인장을 선물 드리기도 했다. 선인장은 닉에게 심리적 안정감을 제공했고, 덕분에 닉은 선인장을 통해 씩씩하게 역경을 헤쳐가는 동기를 부여받곤 했다.

근데 누구의 소행인지는 모르겠지만, 어제 닉이 양호실을 방문을 땐, 그 선인장 화분이 박살 나 있었고 선인장은 처량하게 창틀에 누워있었다. 그는 절망감이 들었지만 표출하지는 않고 가만히 서서 사건 현장을 바라보았다.

닉은 그동안 별의별 학교폭력을 다 경험해보았고, 자신이 동경하는 동생이 괴롭힘당하는 것도 보았다. 그는 심지어 자신의 모친이 겁탈당하는 현장도 목격했지만, 자신이 아끼던 선인장이 박살 난 상황만큼은 절대 받아들일 수가 없었다. 그는 모든 방향에서 괴롭힘이 그를 향해 옥죄어 오는 것을 느꼈다. 그는 계속 당하고만 있다가는 자신이 아끼는 사람들 모두가 선인장 화분과 같은 최후를 맞이할 것 같다는 공포감을 느꼈다. 그 공포감은 곧 차가운 분노로 바뀌었다. 그동안 나약하게 모든 괴롭힘을 너그러이 감내하고 있던 사이 그의 주변이 초토화되고 있었음을 깨달았기 때문이다.

닉은 더 이상 잃을 게 없었다. 그리고 학교에는 나쁜 놈들이 너무 많았다. 그렇기 때문에 살인, 아니, 정의 구현은 피할 수 없는 일이라고 이를 갈았다. 닉은 오전 시간 마지막 수업이 끝나는 종소리를 들었다. 닉은 미리 준비한 동선대로 신속하게 움직였다. 그의 인생 중 지금처럼 자신의 몸이 이렇게 가볍고 민첩하게 움직인 적은 없었던 것만 같았다. 그는 가방에서 총을 꺼내 들고 교내 식당으로 향하는 문에서 어슬렁거리던 경비원을 먼저 사살했다. 경비원은 평소 닉이 괴롭힘 당하는 것을 보면서도 한 번도 개입하지 않았다. 그런 비열한 놈에게 딱히 죄책감이 들지 않았다.

닉은 그 자리를 지나 교내식당 문을 열었다. 총소리에 당황한 학생들은 깜짝 놀란 쥐처럼 눈을 크게 뜨고 이러지도 저러지도 못하고 있었다.

하지만 복면을 쓰고 나타난 닉은 그들에게 사태를 파악할 시간을 주지 않았다. 닉은 평소에 아이스하키부원들이 어디에 앉는 것을 좋아하는지 알고 있었기 때문에 문을 열고 나타나자마자 그 방향으로 총을 난사했다. 아이스하키부원들과 그 옆에서 조잘대던 여학생 두 명이 끔찍하게 살해되었다. 닉은 벌써 희열을 느끼고 있었다.

친구들이 파리처럼 나가떨어지는 걸 본 브래드가 닉에게 태클을 시도하려고 했지만, 닉은 이미 그의 움직임조차도 파악하고 있었다. 그는 신속하게 브래드의 머리를 날려버렸다. 닉을 업신여기던 다른 학생들이 모두 겁을 먹고 도망가는 모습을 보고 그는 무차별 사격을 시작했다. 장전도 너무 매끄럽게 잘 되었다.

닉은 평소 그를 괴롭히던 여학생 무리도 찾아서 쏴 버리고 싶었지만 도무지 어디에 있는지 알 수 없었다. 결국 포기하고 2층으로 올라가기로 결정했다. 그는 그 무리에는 종종 케빈의 여자친구인 린지도 껴있었기 때문에 차라리 여학생 무리가 눈에 띄지 않는 게 낫다고 생각했다. 린지는 닉에게 항상 잘 대해줬기 때문에 그녀를 실수로 죽인다면 슬플 것 같았다.

일부 학생들은 도망치지 못하고 그 자리에 얼어 목숨을 구걸했지만, 닉의 동정심을 전혀 얻지 못하였다. 양호실까지 뛰어올라가며 닉은 목표한 바를 다 이루었다고 생각해 뿌듯했다. 양호실 문은 왜 열쇠가 없으면 잠기지 않게 해 놨는지 모르겠지만 닉에게는 잘된 일이었다. 그는 양호실 앞에 도착했고 아무 저항 없이 문이 스르르 열렸다. 다행히 아무도 열쇠로 문을 잠가 놓지 않은 모양이었다.

하지만 그 안에 숨어있던 학생들에게는 다행이지 않은 상황이었다. 양호실 선인장에 벌어진 일에 대해 가장 크게 분노했던 닉이기에 양호실에 숨어있던 학생들은 닉의 격노를 온몸으로 받고 쓰러졌다.

닉은 자신도 최후를 맞이하려는데, 어제 산산조각 나 있었던 선인장 화분이 다시 멀쩡하게 돌아온 것을 발견했다. 그는 순간적으로 제정신이 들어, 박살 난 화분에 대한 자신의 반응이 잘못되었던 것은 아닐까 하는 생각으로 자신의 행동을 돌아봤다. 그저 화분을 새 걸로 갈아주면 될 일이 아니었는지 갑작스러운 의문이 들었던 것이다.

그때 갑자기 양호실 문이 열렸다. 닉은 재빠르게 뒤돌아보았고 자신의 앞에 케빈이 서 있는 것을 발견했다. 닉은 기어들어가는 목소리로 갑작스럽게 등장한 케빈에게 사과하기 시작했다. 하지만 케빈은 관심 없다는 듯 닉의 말을 끊고 닉이 쓰고 있는 스키마스크를 박력적으로 벗겨내 버렸다. 그는 이런 일은 자기가 하게 두지, 왜 형이 이런 짓을 벌이냐고 닉을 나무랐다. 스키마스크가 벗겨진 닉은 갑자기 온몸을 부르르 떨기 시작하더니 눈물을 줄줄 흘렸다.

케빈은 완력으로 닉이 들고 있던 장비를 다 빼앗아버렸다. 그리고 혹시 몰라 장비에 묻어 있을 형의 지문을 열심히 닦아내기 시작했다. 그는 지문을 닦으며 형에게 빨리 옷을 벗으라 하였다. 닉은 영문을 모른 채 순순히 케빈의 말에 따랐다. 닉은 조금 전까지의 냉철한 악마의 모습이었다면, 지금은 패닉 상태에 빠져 발만 동동 구르는 말 잘 듣는 순한 양의 모습이었다. 닉에게 옷을 건네받은 케빈은 빠르게 형의 옷을 입었다. 동시에 그는 빨리 자신의 옷을 입으라고 닉에게 강압적으로 명령했다. 닉은 벌벌 떨며 케빈의 옷을 입을 수밖에 없었다.

이제 진짜 시간이 없었다. 바깥에서는 특공대가 진입하는 요란한 소리가 들리기 시작했다. 케빈은 닉이 자신을 보도록 그의 얼굴을 강하게 잡고 그동안 자신이 형에게 진 빚을 갚는 것이라며 자신의 몫까지 열심히 살아달라고 부탁했다. 그는 상황이 이렇게 되어 너무 슬프지만, 이건 피할 수 없는 상황이었다고 닉을 위로했다. 이어서 반드시 성공하여 부모님께 자신의 몫까지 효도해달라는 부탁도 잊지 않았다. 케빈은 닉이 똑똑하고 공부도 잘하니 자신보다는 부모님께 기여할 수 있는 일이 많을 것이라 생각한 것이다.

잠시 후 케빈은 잘 있으라는 말과 함께 망설임 없이 자신의 머리를 쏴 버렸다. 눈앞에서 동생의 머리통이 날아가는 걸 본 닉은 바로 정신을 잃고 피범벅이 된 바닥에 철퍼덕 쓰러졌다.

케빈은 더 이상 고통과 걱정이 없는 편안한 상태로 차갑고 텅 빈 우주 공간을 유랑했지만, 운명은 닉에게 관대하지 않았다. 닉은 자신이 죽었어야 한다고 자책하며 자신의 팔다리가 떨어져 나간 것과 같은 고통에 매일같이 괴로워했다. 그럼에도 그는 자신을 대신해 목숨을 희생한 동생의 죽음을 헛되게 하지 않으려면, 범행의 진범이 자신임을 들키지 않고 열심히 살아가는 수밖에 없다고 되뇌었다.